記憶喪失になったぼくが見た世界

坪倉優介

朝日文庫

めのまえにあるものは、はじめてみるものばかり。なにかが、ぼくをひっぱった。
ひっぱられて、しばらくあるく。すると、おされてやわらかいものにすわらされる。
ばたん、ばたんとおとがする。

いろいろなものがみえるけど、それがなんなのか、わからない。
だからそのまま、やわらかいものにすわっていた。とつぜんうごきだした。
これからなにがはじまるのだろう。

坪倉優介

1989年6月5日。雨が降る日の夕方、
帰宅途中に乗っていたスクーターが、トラックに衝突。
救急車で大阪府立病院救急センターに搬送されるが、
そのまま意識不明の重体におちいる。
集中治療室に入って10日後、奇跡的に目覚める。
しかし、両親のことも、友人のことも、
そして自分自身のことさえも、
何もかもすべて、忘れていた。

本書は二〇〇三年六月、幻冬舎文庫より刊行された『ぼくらはみんな生きている』を改題したものです。

記憶喪失になったぼくが見た世界　目次

第一章　ここはどこ？　ぼくはだれ？　17

これからなにがはじまるのだろう
ぼくがなにしたの
観葉植物
人間と話がしたくなった
胸があつくなる
動かなくなった物
お米の味を知る
ごはんとちがう味
もっとあまい味が食べたい
これもあまい。あれもあまい
さしみ、しょうゆ、わさび
かあさんのいたずら
いままで見たことがない色
人のいないところ
そしてだれかが、ぼくを見つける
速くて大きなまるいやつ
風が気持ちいい

母の記憶1　47

’89.6〜’89.8

第二章　これから何がはじまるのだろう　57

みんなとてもいい顔
色のついた水
キラキラ光る物
ひとりぼっち
同じ形が出てこない
友だちについていくと
同じ形にうつしてみる
細長い紙のこと
お金は悲しい
同じ形をした人間はひとりもいない
あいうえお
助けてやらなくちゃ
ふしぎなひも
ひもの結び方を覚える
つよい味方があらわれる
ガールフレンドとの再会
母の記憶2　91

’89.9〜’90.3

第三章　むかしのぼくを探しにいこう

記憶がよみがえる瞬間　101
ぼくの右腕みたいな物
むかしの髪型にもどしてみても
鏡って何だ
母の記憶3　124
あっちの教室
小さなヒラヒラ
かあさんの目から流れる物
むかしに届いた手紙
家族写真
ぼくは何を知っていたのだろう

’90.4～’91.3

第四章　仲間はずれにならないために　129

ふしぎな扉
人間にも種類がある
時計の顔
万華鏡のような記憶
ドラえもんのタイムマシンに乗って
母の記憶4　155
空の色、夕日の色、心の色
暗闇の中から外を見ると
ひらがなだけではなくて
動く階段
ぼくの居場所はどこにある
青信号はふしぎな色
色の違う鳥

’91.4〜’92.3

第五章　あの事故のことはもう口に出さない　163

スクーターでの大冒険（前編）
スクーターでの大冒険（後編）
ひとりぼっちは嫌だから
パチンコ屋に行く
涙が出てくる味
一人暮らし
ごはんを炊いてみる
青い空色のごはん
ヌード写真を見せられる
赤い危険な食べ物
おうちと言うな！
不思議なカバン
はじめてのスキー
我考える、ゆえに我在り
進学を決意する
自分に同情するな
合格発表
母の記憶5　198

’92.4〜’94.3

第六章　ぼくらはみんな生きている　203

つっぱり
墨流しの着物
恩師、井関先生
ガッツポーズ
就職活動
師匠との出会い
修行の始まり
地道な努力
はじめての染め物
金魚が死んでいく
金魚救出作戦

おいしそうな色
松と竹と梅とで染めた着物
山で見つけた色
さようなら
華麗なる大失敗
蓮の声
恋をした
あたらしい過去
ジャンプ！

あとがきにかえて　254
解説　俵　万智　256

’94.4〜’01.5

第一章　ここはどこ?　ぼくはだれ?

’89.6～’89.8

これからなにがはじまるのだろう

目のまえにある物は、はじめて見る物ばかり。なにかが、ぼくをひっぱった。ひっぱられて、しばらくあるく。すると、おされてやわらかい物にすわらされる。ばたん、ばたんと音がする。

いろいろな物が見えるけれど、それがなんなのか、わからない。だからそのまま、やわらかい物の上にすわっていると、とつぜん動きだした。外に見える物は、どんどんすがたや形をかえていく。

上を見ると、細い線が三本ついてくる。すごい速さで進んでいるのに、ずっと同じようについてくる。線がなにかに当たって、はじけとぶように消えた。すると二本になった。しばらくすると、こんどは四本になった。

この線はなんなのだろう。なん本ついてくるのだろう。ふえたり、へったりして、がんばってついてくる線の動きがおもしろい。

急に、いままで動いていた風景が止まった。すると、上で動いていた線も止まる。

さいしょと同じ三本になっている。みんないっしょにきてくれたんだ。

外に出されると、ぼくが見ていた細い線は、ずっとおくまでのびていた。上を見ていると、なにかがぼくの手をひっぱる。足がかってについていく。つぎに止まったばしょには、しずかで大きな物があった。

それは見上げるほど大きい。どうしたらいいのか、まよっていると「ここがゆうすけのおうちやで」と言われた。おうちも、ゆうすけも、なんのことかわからなくて、ただ立つだけだ。なにかにひっぱられて、そのまま入っていく。

ぼくがなにしたの

なにがなんだかわからない。この家や部屋とよばれるところで、どうすればいいのだろう。うす暗い部屋に入ったのはいいけれど、これからなにがはじまるの。なににさわればいいの。どこへもいけない。なににも手が出せない。すわって、まわりを見るけれど、知らない物ばかり。

手をひっぱられて、どんどん中へ入っていく。なにを言っているのかもわからない。どうして、いろいろな顔をするのだろう。

それでぼくのきもちもかわってしまう。口が大きくあいて、体がゆれている顔を見るとあんしん。でも、目や口を小さく細くした顔で見られるのはいやだ。ぼくがなにをしたの。

観葉植物

部屋の中には、ひかる物がなくて、まどの外も暗い。音もしないしずかなところに、ぼくだけひとり。そのとき、なにかを見つけた。すごく細い。近くへいってみる。それはうすっぺらい物を、ぶらさげていて、さわるとつるるしている。そしたら、ぷちっと、ひとつはずれてしまった。すぐにもどそうとしても、ぜんぜんなおらない。

だけどその細長い物は、ぼくを見ているだけだ。人は、なにもしなくても、わからないことをたくさん話しかけてくる。それを見ると、にげだしたいと思うことがおおい。だけどそいつは、そんなきもちにさせない。目のまえの物が、とても気に入った。そいつのまえに、いつまでもすわっていたい。

人間と話がしたくなった

人間はかってに動いて、かってに話しかけてくる。それを目のまえでされたら、なにをするのもこわくなる。だから自分の部屋がすきだった。

いつものように、あいつのまえにすわっていた。すると、まるい物がおいてあるのに気がついた。これはなんだ。こちこち音がするのはなぜだ。形もゆっくりだけどかわっていく。

ずっと見ていたら、とつぜんすごい音がして、手の中でびりびりゆれた。立ち上がって、もって歩いた。すると、きゅうにしずかになった。これはいったいなんなんだ。人間が作ったものなのか。

ずっとこいつを見ていると、外がだんだん明るくなってきた。

人間の声がきこえてくる。どうしてだろう、ぼくも人間と話したくなってきた。

それでかいだんを、おりていった。

胸があつくなる

いままで見たこともない人が、家にきて、事故まえのぼくのことを話して、かえっていく。どうしてあの人たちは、ぼくのことを知っているのだろう。

いつも家の中にいる人にきくと「それは友だちだから」と言った。それに、友だちでも、とくべつなかがいい人のことを、親友と言うこともおしえてくれた。だとしたら、この人たちも、いつもやさしくしてくれるから親友なのだろうか。そうきくと笑って、「アルバムをもってきてやれ」と言った。

目のまえにおかれた物の中には、うすっぺらな人がいる。動かないし、なにも話さない。

ひとりの人がアルバムを見ながら「これが赤ちゃんだったころのゆうすけよ」と言う。でも、赤ちゃんと言われても、わからない。

アルバムをめくりながら「これが三歳のころのゆうすけ、これが五歳のころのゆうすけ」と説明してくれる。よく見ていると、ゆうすけと言われるものの形がどんどんかわっていく。そしてさいごは「高校生のころのゆうすけ」までいった。

もういちどアルバムの、さいしょにもどって見てみる。すると、よこにいる人が「これがかあさん、そしてかあさんに抱かれているのは、赤ちゃんだったゆうすけよ」と言った。その人の目や、笑う口の形はやさしくて、いつもゆうすけという人を見つめている。その人の目は、いまここにいる人と同じではないか。

そう思うと、なにかが背すじを通っていく。それを声に出したい。だけどなんて言えばいいんだ。

するとその人は、やさしく笑いながら「かあさんだよ」と言った。それをきくと、ひっかかっていたものが、なくなっていく。胸があつくなる。そして口がかってに動いた。かあさん。ぼくのかあさん。

動かなくなった物

部屋のすみに水が入っているハコがある。その中でなにかがいっぱい浮かんでいる。指でおすとゆっくり動いて、そのうち止まる。

つかむと、どろっとしていた。鼻につけると、はきそうになる。ハコの中にもどすと、またしずかに浮いている。指でつつくと、しずんだり浮いたりした。

こいつの目はへんだ。目があうとこわい。こいつら、もう動かないの、とかあさんにきくと、「死んでいるのよ」と言った。死んでいる。そのことばは、きき覚えがある。それは、ぼくに会いにくる人たちが、よく口にしたことばだ。

かあさんは「いちど、死んでしまったら、もう動けないのよ」と言う。動かなくなることが、死ぬことなのか。

かあさんが「いまから土にうめにいこう」と言った。水の中にいる物を、どうして土の中に入れるのか、わからないけれど、いままであった物の動きが止まり、部屋の中からきえてしまうことは、うれしいとは思えない。

お米の味を知る

かあさんが、ぼくのまえになにかをおいた。けむりが、もやもやと出てくるのを見て、すぐに中をのぞく。すると光るつぶつぶがいっぱい入っている。きれい。でもこんなきれいな物を、どうすればいいのだろう。

じっと見ていると、かあさんが、こうしてたべるのよとおしえてくれる。なにか、すごいことがおこるような気がしてきた。だから、かあさんと同じように、ぴかぴか光るつぶつぶを、口の中へ入れた。それが舌にあたるといたい。なんだ、いったい。こんな物をどうするんだ。

かあさんを見ると笑いながら、こうしてかみなさいと言って、口を動かす。だからぼくもまた、同じように口を動かした。動かせば動かすほど、口の中の小さなつぶつぶも動き出す。そしたら急に、口の中で「じわり」と感じるものがあった。それはすぐに、ひろがる。これはなに。

でもどう言ったらいいのか、わからない。ことばが出ない。だから口を動かしつづけた。そんなぼくを見て、かあさんは「おいしい？」ときいてくる。それもなんのことか、わからなかったので、だまって口を動かしつづけた。

するとかあさんは「もっとたべてみたいかな。もっと口に入ると思えば、おいしいと言って。こんな物口の中に入れたくないと思ったら、まずいと言ってほしい」と言う。

ぼくは口を止めて、「おいしい」と言った。するとかあさんは「そう、ごはんはおいしいんだ」と笑った。そうなのか、あのぴかぴか光る物のことを「ごはん」というんだ。それに口の中で、こういうふうになることを、「おいしい」というのか。

ごはんとちがう味

かあさんは毎日「ゆうすけ、ごはんできたよ」と言う。見ると、あの光るつぶつぶとは、ちがっている。ごはんというのは、ずいぶんたくさんあるものだなあと思った。でも、どのごはんもおいしかった。

あるとき、かあさんが「おかしたべる?」と言って、手の中に小さな物をおいた。これはごはんではなくて、おかしというのか。

さっそく口に入れる。でもすぐに出してしまった。それには味がなくて、きもちわるい。するとかあさんは「ツツミをとってからたべないとだめでしょ」と言って、ぱさぱさした物を、くるくるまわしてとってくれた。

まるい物が出てくる。また口の中に入れた。ころがす。

そうしていると、「ゆうすけ、うれしそうやね。そんなにチョコレートおいしい」とかあさんが言ってくる。おいしかった。こんなのはじめてだ。いままでたべたどの味ともちがう。

もうひとつたべる。こんどはきちんとツミをとって、口の中にほうりこむ。すぐにペチャンコになって、口の中いっぱいに味がひろがっていく。

かあさんが「すごくあまいでしょ」ときいてくる。この味は、あまいというのか。

もっとほしい。もっとたべてみたい。そう言ったけれど、かあさんに「今日はこれでおしまい」と言われてしまった。だから、しかたなくあきらめる。

でも、あまいという味を、わすれることができない。

もっとあまい味が食べたい

ごはんをたべていると、弟が「アニキ、さいきん、ごはんあまりたべないな」と言う。妹も「体のちょうしがわるいの」ときいてくる。そうじゃない。ちがうんだ。ぼくはあまいチョコレートがたべたいんだ。ごはんはあまくないんだよ。

そう言うと、かあさんも弟も妹も、それぞれの顔を見てだまってしまった。でも、弟が立ち上がって、どこかへいってもどってきた。「アニキ、これをたべたらいい。けどな、おかしはごはんじゃないからな」と言った。かあさんも「いまはエイヨウのあるものをしっかりたべなさい」と言う。なぜそんなことを言われなくちゃいけないんだ。

でも目のまえには、あのとき見たチョコレートがある。だれにもとられないように、すぐに手にとって、ツツミをあけた。やっぱり中からまるい物が出てくる。みんながぼくの顔を、じっと見ている。でも笑い出して、「早くたべたらいいのに。どうしたの」と言った。だから、口の中にチョコレートをほうりこんだ。

コロンと音がする。そのまま舌でころがす。だんだんたのしくなってくる。はじめてたべたあの日と同じだ。やわらかくなってきて、口の中で味がひろがるようになってきた。

口をすぼめる。くちびるもほっぺたも、しわだらけになる。あまいものを、のみこむ。ああ、なんておいしいんだ。

これもあまい。あれもあまい

かあさんが「おかずもたべなさい」と言う。これは、ごはんじゃないのか。たったいま「ごはんができたよ」と言ってよんだばかりなのに。

でも、おかずってなんだろう。そうきくと、かあさんはテーブルの上にならべてある、いろいろな「おかず」をとってくれた。そして、おかずにも、ひとつひとつ名前があることをおしえてくれた。

まるくてごろごろしているやつは、「だいがくいも」という。口に入れるとやわらかく、かめばかむほど、形がかわっていく。ごはんとは、ぜんぜんちがう味だ。よくかんで、そのままのみこむ。

すると、かあさんは「あまくておいしいでしょ」ときいてくる。うん、おいしい。でも、このあいだのチョコレートとはちがう味なのに、どうしてあまいと言うんだろう。あまいにも、いろいろなあまいが、あるんだなあ。

さしみ、しょうゆ、わさび

さしみというおかずをたべる。口に入れる。かむ。ぺたんと口の中でひっつくけど、それでもかみつづける。鼻や口からへんなにおいが出てきて、あまりおいしくなかった。

かあさんは、「おかしいなぁ、さしみがだいすきだったんだけどなぁ」と言うけれど、なにがすきで、なにがきらいか、よくわからない。「そういえばしょうゆはつけた」ときいてくる。しょうゆ？

だからこんどは、しょうゆとよばれるものをつけて、たべてみた。そしたら、さっきとちがった味がした。

かむ。味がまじって口の中でひろがっていく。かめばかむほど味がこくなって、おいしくなっていく。さしみというのは口の中でできあがるおかずなんだ。

しょうゆはどんな味がするのかと、はしでとろうとしたけれど、水みたいで、とることができない。はしをなめると、息がとまった。味がこすぎる。

また、さしみをたべようとしたら、かあさんが「ゆうすけはしょうゆにわさびを入れるのがすきだったよ」と言った。こんどは、わさびか。

かあさんが、小さなかたまりをしょうゆの中に入れて、はしでかきまわす。すると、あのかたまりがだんだんなくなっていく。そこには色のかわったしょうゆだけがのこっていた。かあさんは「これにさしみをつけてたべてみなさい」と言う。

こんどはどうなるのだろう。口の中に入れて、思いきってかんでみる。すると急に目がひらく! あたまのよこがガーンとする。さいしょは、びっくりしたけど、おいしい。さしみ、しょうゆ、わさび。いっしょにたべると、すごくおいしい。

かあさんのいたずら

かあさんがよんでいる。そこに行くと、大きなハコの中から、見たことのない細く長い物をとり出した。見ていると、あげると言う。かんがえながら、手をのばすと、びっくりして下におとしてしまった。

かあさんは、いきなりつめたいものをわたされて、びっくりしたかと笑っている。そして、その細く長い物をひろって、テーブルの上においてから、両手でぽきんとおった。

それを口に入れたかあさんは、しゃりしゃりと音を出しながらたべはじめる。口から出すと、すこしぺしゃんこになっている。なにがなんだかわからない。するとかあさんは、「こうしてたべると、つめたくておいしいよ」と言いながら、のこりのはんぶんをくれた。

こんどはつめたいことはわかっている。だから気をつけて、それをつかむ。マネして口に入れる。すぐに口の中もつめたくなった。あまい味がひろがる。おいしい。

すごくおいしい。かあさんのいたずらなんかじゃなかったんだ。

あっと言うまにその一本をたべおえてしまい、このおいしくて、つめたいたべものはぺしゃんこになってしまった。これはなにときいてみると「ちゅーちゅー」だという。

そのとき思い出した。ちゅーちゅー、ちゅーちゅー、ちゅーちゅー。

それならたしかに知っている。近所にあるバラ屋というパン屋さんで売っているアイスキャンディーのことだ。たしか三十円で、グレープ味と、オレンジ味があるんだ。でもそれとは色も形も味も違うけれど、どこで買ってきたの。

口がかってに動く。なんでこんなことを言っているのだろう。かあさんも、きょとんとした顔でぼくを見て、「いやー、ひとりでいろんなこと、しゃべるからおどろいた」と言った。

いままで見たことがない色

ぼくを見るとみんなの顔がかわってしまう。それまで笑っていたのに、ぼくが行くと話がおわってしまう。「たいへんだったね」と言われ、小さくなった目やすぼめられた口、顔のしわを見ると、息がつまって、うまく話せない。

だから、だれにも会わないところに行きたかった。

家の外に出てみても、かあさんや、弟や、近所の人に、ぜったいだれかに見つかってしまう。そのたびに、みんなかなしい顔をする。どうすれば、あんな顔をされずに、ひとりきりになれるのだろう。だから暗くなってから外に出てみようと思った。

部屋の中でじっとまっていると、さっきまで見えていた自分の手も、いつのまにか見えにくくなる。ようし、いまだ。

さっそく部屋を出て、かいだんをおりようとする。でも、下の部屋は明るかった。話し声がきこえる。まだ早い。だから部屋の中でまった。

どのくらい時間がたったのだろう。家の中がしずかになった。かいだんから下を見てみると暗くなっている。いよいよ外に出るときだ。戸をあけて、かいだんをおりていく。すると、とうさんが部屋の中から「ゆうすけ、どうかしたのか」と言ってきた。なんでもない。あわてて部屋にもどる。

すこし動いただけなのに息はすごくあらくなって、胸の音もうるさく速い。にぎやかな音がしずかになるのをまって、もう一度、外に出てみることにした。ゆっくり戸をひらく。そっとかいだんのところに行き、大きくしずかに息をすった。歩く音がしないように、一歩一歩かいだんをおりる。

ほっぺたや背中につめたいものが通った。息をするのもわすれてしまいそう。それがなんなのか、たしかめてみたかったけれど、がまんした。まちがえて音をたててしまうかもしれない。

かいだんをおりていく。さいごの一段まできた。いちばん長く時間をかけて、ゆっくりゆっくりとおりた。だれにも声をかけられませんように。

出口は目のまえだ。もうすぐひとりで外を歩けるんだ。ドアに手をのばす。すこしずつ、すこしずつ手を動かす。肩がいたくなるほど力が入っている。

ドアがすこしひらいた。すると手のさきからは、いままで見たことがない色が見えた。

人のいないところ

だれも歩いていないし、なにも動いていない。そんな外に出られたことがうれしくてたまらない。いままで、どこにいても人に見られていたのに、ここではだれもぼくを見ていない。そして、だれも見ていない物を、ぼくだけが見ている。外に出ると、こんなにきもちがいいのか。

まえのほうから人がくる。この人が家族をよんだりしてほしくなかったから、人のいない道をえらんで歩いた。

ずっとずっと歩いていると、すごくしずかなところへきた。石と石のあいだにすわってよりかかる。まっくらの中にいる。ずいぶんと歩いてきたなあ。でもここはすごく落ちついていられる。音もなにもしないから。

つめたい風がふく。そうすると大きな木や草が、まっくらの中で、ざわざわざわとしている。その音をきいていると、どこにも行きたくない。ここにあるみんなと友だちになりたい。ぼくもこういうところにいられる物になれたらよかったのに。

人はいやだ。こんなんだったら、生きかえるんじゃなかった。ここにすわって、じっとしていよう。風とか木とか草の音をずっときいていよう。

そしてだれかが、ぼくを見つける

おばちゃんがふしぎそうな顔をしてやってくる。あんた、こんなところでなにしているの。わからない。お参りとかにきたんか。わからない……。

明るくなると、あちこちから、いろいろな人が出てきた。いままで見えなかった物も見えてくる。石がいっぱいだ。家もある、木もある。ここにいるわけにはいかない。ここは、ぼくがいるばしょじゃない。

立ち上がって、また歩く。夜のときみたいに、ずっといたいと思えるばしょをさがさなければ。でも明るくなってくると、人がおおくなる。逃げても逃げても、つぎからつぎへと人が出てくる。だから、どんどん、どんどん、かけ足になる。

だれかがぼくの名前をよんだ。見たこともない人が近よってきて、「ゆうすけくんだろ、家族のみんなが心配しているぞ」と言う。この人はだれ。言ってることはほんとうなの。信じていいの。

その人は「まあ、いっしょにいようや。うちの人よんであげるから」と言う。その人がこわいのに、ふりはらって逃げることもできない。

しばらくして弟がむかえにきた。「アニキ、高校生のときにきてたこの喫茶店のことをよく覚えていたなぁ」と言われたけど、いままでにきた覚えはなかった。

速くて大きなまるいやつ

「こんな天気がいい日は、さんぽでもしましょう」とかあさんが言った。

道路を歩いていると、いきなりすごい速さで、なにかが通りすぎていった。あの大きなまるいやつはなんだ。立ち止まって見ていると、すぐにすがたを消してしまった。かあさんに、いまのはなにときくと、「あれは自転車よ」とおしえてくれた。自転車。足の力をつかってしゃりんを回し、歩くよりも速く進むためにつかうものらしい。

もう一度、自転車を見てみたい。通るのをまってみたけれど、なかなか通らない。しばらくして、かあさんが「ほら、むこうからきたよ」と言う。すると、さっきの物とはちがうけど、たしかに、こっちにむかってやってくる。

どんどんこっちに近づいてくる。やっぱりその人も大きなまるい物の上に乗っている。

なるほど、これが自転車というのか。さっきのほど速くはないけれど、歩くよりだんぜん速い。人は、まるい物の上に乗っても歩くのか。たいしたものだ。

かあさんに見つからないように、こっそりと外に出ようとする。それで、台所のおくにあるとびらをあけると、目のまえに自転車があった。

大声でかあさんをよんだ。かあさんが、あわてて出てきて「あんたいつ外に出たの」と言う。だけど、そんな話なんて耳に入らない。なんと言っても、あの自転車が、いまここにあるのだから。

これはだれの自転車なの。乗ってみたい。そう言うと、かあさんが外に出してくれた。自転車の上にすわる。でも進まない。かんがえていると、かあさんが乗りかたをおしえてくれる。

説明どおりハンドルをしっかりもち、ペダルを回そうとする。だけど地面についている足のはなしかたがわからない。よこで見ていたかあさんは、ペダルをつよくふみこんで、自転車が進みはじめたら、かたほうの足もはなすのよとおしえてくれた。

近所のおばさんたちも集まりだす。いろんな話し声もきこえたけど、気にしているばあいじゃない。さっそくペダルをつよくふみこんでみた。だけど自転車は進まない。それもそのはず、動かした足のペダルは、いちばんひくいところにあるままだから。

かあさんはすぐ、ペダルをいちばん上のところまでもってきて、つよくふみこむのよと言う。そうか。とにかく、乗ってみるしかないな。もう一度、手でしっかりハンドルをにぎり、ペダルの上に足をおいて、高いところまでもってくる。まわりのおばさんたちの話し声も、ぴたりと止まっている。心のじゅんびもできた。そして右足をつよくふみこむ。

体がうしろにひっぱられるようになる。だけど、キーッ。耳がいたくなりそうな高い音を出して自転車が止まる。なんどやっても、ハンドルの下の物をにぎってしまう。そのつど、自転車はすごい音を立てて止まる。

おばさんたちもだまって見ている。がんばらないといけない。おばさんたちが笑い顔になって手をたたいている。よし、いくぞ。

すぐにペダルを高いところまでもってきて、もう一度右足でつよくふみこむ。いきおいよく自転車は進み、しぜんと地面についていた足もついてくる。ハンドルをしっかりにぎり、ブレーキはいつでもつかえるように言いきかせて、ペダルを回す。歩いていたときには感じることができなかった風が、ぼくの髪や顔や体をとおりぬけていく。やった、走り出している。うしろのほうで手をたたく音がきこえる。

母の記憶　1

事故は、優介が大学一年生のとき、一九八九年の六月五日でした。雨が降る日の夕方、帰宅途中の道で、乗っていたスクーターが停車中のトラックに激突したのです。すぐに救急隊員の方の判断で大阪府立病院救急センターへ搬送されました。わたしはご近所の家にいました。そこへ娘が飛んできました。「おかあさん大変、お兄ちゃんが事故に遭《あ》ったみたい。保険証を持ってすぐ病院に行って」と言うのです。

夜の八時頃、病院の人気《ひとけ》がない、うす暗い廊下を駆けていくと、主人が先に来て、待っていました。すぐに優介のところへ行こうとするのですが、行かせてくれません。落ち着いてからにしろと止めるのです。

優介は、ベッドに静かに横たわっていました。目立った外傷もなく、いつもと変わらず眠っているようでした。怪我《けが》といえば、骨折とか傷のことを想像します。でも、頭を大きな布でくるまれて、オデコのところに絆創膏が貼ってあるだけです。人工呼吸器や点滴の管がついていましたが、事態の深刻さを理解することができませんでした。でも勝手に涙が出て止まりませんでした。

集中治療室に入ったまま二日、三日とたっても意識は戻りません。体はピクリとも動きません。担当の先生が、頭の切開手術を考えましょうとおっしゃいました。クモ膜下出血を起こしている脳に何らかの処置をするためです。それで初めて、これは大変なことなんだ、優介は危険な状態なままなのだとオロオロしました。その次の日、先生はついに手術に踏み切ることを決断します。そのために優介の髪の毛は、きれいに剃《そ》られてしまいました。ショックでした。普段から髪型を気にして手入れしていたのに、それが丸坊主です。

眠りつづける顔を見ながら、手術の前に目を覚ましてと祈りつづけました。そのときです。右手が動いたのです。ちょうどお見舞いに来てくれていたお友達が、優介の手を握っていました。その手をゆっくりと握り返しているのです。すぐに先生を呼びに行きました。

幸運にも手術は延期になりました。意識を戻すために声かけをしてくださいと医師から言われていましたので、それからは「優介、優介」と、繰り返し、繰り返し呼び続ける毎日です。何とかなる、ぜったい何とかなる。その思いでわたしは必死です。

優介に音楽を聴かせるために、ラジオのイヤフォンを耳に入れました。それがはずれたとき、優介の右手が動いて、自分の耳に戻したのです。優介はわかっている、もうすぐ目覚めてくれると思いました。こんな小さな動きが、私を喜ばせてくれるのです。

事故から十日目、突然意識を取り戻します。お見舞いに来てくれたおばあちゃんや主人と話をしていました。そのときです、いきなりガバッと、ベッドの上で起きあがったのです。

優介が目を覚ましたと思ったのも束《つか》の間《ま》、いきなり暴れ出しました。「なんや、このオッサン、オバハンは」「うるさいぞ」と訳のわからないことを言って、ベッドの上で暴れるのです。主人がとりおさえているところに、先生が飛んできてくれました。

先生が「名前は！」と聞くと、「坪倉優介じゃあ」と暴れながら言います。住所もきちんと答えました。でもそこまで。優介は、私たちが誰だか全然わからなかったのです。

暴れ続けるせいで、とうとうベッドに、くくられてしまいます。せっかく意識が戻ったのに、どうしてこんなふうにされてしまうのだろう。こんなことになるとは想像もしてませんでした。喜びは一瞬にして不安となりました。

意識が戻った次の日から高熱が出ます。うなされて大声を出したりしました。でも、暴れるので、ずっとくくりつけられたままです。四、五日は続いたでしょうか。そのときは病室に入るのが辛《つら》くて、入院中でいちばん泣きました。

先生は、重度の記憶喪失ですから最低でも五年は我慢してくださいと言いました。でも私は、ドラマのように、ある日突然すべての記憶が戻ると思ってました。それは明日かもしれないのだと思っていました。

ところが、熱が下がると、今度は突然、ぱたっと大人しくなってしまいます。暴れていた優介が嘘のようです。すごく優しい人になってしまったのです。「すみません。ありがとうございます」という言葉が多くなりました。

口では私のことを「かあさん」と呼ぶようになりましたが、きちんと理解していませんでした。看護婦さんが私を指して、「おかあさんよ、優介君のおかあさんよ」と言うのを聞いて言うだけです。話はかみ合いませんでした。優介が、かあさんの本当の意味を覚え直すのは、もっとずっと後のことです。

容態が落ち着いてきても、足もとがおぼつきません。ですから車椅子に乗せて、病院の中を散歩します。まだフラフラの状態でしたから、歩行訓練もしなくてはいけない時期でした。

車椅子に乗っていると、優介が「ここにはタヌキやウサギがいっぱいいるんだよ」と変なことを言い出します。火傷《やけど》をして包帯を巻いた人や、交通事故で怪我をした人の姿は、優介には理解できないものだったのです。

事故前の優介は、絵を描くことが好きでした。それで絵を描かせました。そうすれば何かを思い出すかもしれないと思ったからです。でも、できあがった絵を見て、あまりの幼稚さにショックを受けました。

それでも三日もすると、高校生の頃に描いていた、髪をピンと立てた自分のキャラクターを描いたので、やっぱりわかっていると思いました。突然指さして「非常口!」とか漢字を読んだりしました。この調子でいけるかもしれない、と明るい気持ちになる一方で、「ここには人間がいない、人間が怖い」などと言う言葉を聞いてはガッカリさせられる日々でした。

主人は優介が記憶喪失になったことを認めませんでした。意識が戻ったときも、「誰やこのオッサン」と言う優介に、「冗談はよしなさい」と言って叱ったぐらいです。

主人は、優介は男の子だから強くないとだめだと、小さいときから厳しく育ててきました。オートバイにも一緒に乗って、モトクロスの大会に親子そろって参加していました。そんな主人にしてみたら、優介の変わり果てた姿を、そう簡単に認めたくなかったのだと思います。

でも私は、その頃になると、もう記憶は取り戻せなくていい、字が読めて、ご飯が食べられて、日常生活ができればいいと思うようになりました。たとえ親子関係はわからなくても、これからの生活の中で作り上げていけると思ったのです。

ある日、病院にいる優介から電話がかかってきて、「かあさん、ここは人間がいなくて怖い。早くここから出して」と言います。お金のことも、電話のことも、この時点では何も知らないはずですから、たぶん看護婦さんに頼んでかけてもらったのではないでしょうか。

あまりに帰りたいと毎日電話で訴えるもので、先生に相談すると、育った環境に戻すことによって記憶を呼び戻す糸口が見つかるかもしれないと言ってくださいました。わたしも優介を自宅へ連れて帰りたい気持ちが強かったもので、すぐに退院を決めました。事故からおよそ一カ月が経《た》った頃です。

何よりも普通の家族の一員として一緒に暮らすことができればいい。それだけでした。でも、それは私にとっても優介にとっても、未知の世界の始まりにすぎなかったのでした。

優介には、自分の家だという実感などなかったのでしょう。あれだけ帰りたいと言ったのに、到着して家の中に入るときも、おそるおそるついてきました。ここが本当に自分の居場所なのかという疑いもあったと思います。

最初の頃の無力感はすごかったです。病院では食事でも診察でも、言われたように行動していたのに、家ではただぼーっと過ごしている。自分の部屋の机の前にじっとすわっているだけ。ご飯を食べることすらよくわかっていません。心配してお見舞いに来てくれる友達と会っても、ほとんど過去と結びつきませんでした。テレビも、動くものに対して目がいくだけで、喋《しゃべ》っていることが理解できないから面白くないと言いました。プラモデルを作るのが好きだったけれど、作る気が起こらない。毎日、何から始めればいいのか、途方に暮れているという感じです。

早くきちんと歩けるようにと、優介を散歩に連れ出したりしましたが、以前の優介を知っている人は、みなさんびっくりしてました。歩き方から顔つきまで変わっていたからです。でも優介にしてみても、どうしてそんな目で見られるのか納得がいかなかったのでしょう。周囲からの視線は苦痛以外の何ものでもなかったようです。

この頃のいちばんの問題は、生活するうえで必要な感覚をどう表現したらいいのか、わからなかったことです。「心地よいもの」「不快なもの」ということの、優介なりの区別はあったでしょうが、言葉で伝えることができません。ですから、いつも不安な顔をしていました。

お風呂にしても、「熱い」「冷たい」がわからない。だから浴槽の水が冷たくても、おかしいと思わずに入ってしまうのです。あとで見るとぶるぶる震えていて、こっちがびっくりするようなことがありました。

食事でも出されたものは、出されただけ食べてしまう。テーブルの前にすわって、苦しそうにしているからおかしいと思って見ると、テーブルに並べた食べ物が全部なくなっている。満腹ということがわからないのです。

あるときは、すわっていると、急にずるずるずると床のほうへ倒れていくので、引き上げようとすると、ものすごく熱がありました。

味覚も、事故の前と後ではすっかり変わってしまいました。お醬油とかソースとか濃い味、刺激の強いものはだめです。フライのような口の中でごわつくものも全部拒否されました。みたらし団子も口の中で、くちゃくちゃひっつくから嫌がります。事故の前だったら、いちどに十本食べてしまうくらい好きだったものです。

魚の姿がそのままだと、目が怖いと言って食べません。お肉も生きているものを殺したから嫌だと言います。まるで子供の言い訳です。

だからと言って、十八歳だった優介を打ち消して、幼児として接することなどできるわけがありません。でも、ときには、私の思いと行動は、矛盾していたのか、主人に「甘えさせるな、幼児言葉で話しかけるな、ひとりの大人として付き合え」と言われました。

二週間ほどすると、優介の自己主張が始まります。命令されることが嫌いで、私がしていることはおしつけだと言いました。「かあさんは、どうして、どんどん教えて、何をそんなに急いでいるの」というような口をきくようになるのです。

また、あらゆることに疑問を感じて、考え込むようになります。「どうして人間はご飯を三回食べるの、どうして人間は昆虫より偉いとわかるの、どうして人間は夜になると眠るの」どうして、どうしての連発です。優介の人としての苦悩が始まったのです。

時間の感覚もありませんでした。いったん何かが気になると、夜でも昼でも関係ありません。真夜中、寝ている私の布団のそばに座って、一晩中質問ぜめにすることもありました。そのとき、「優介、もう寝よう」と言うと、「今聞きたいし、ぼくにはかあさんしか頼る人がいないのに」と悲しい顔をします。

朝起きて、優介の部屋に様子を見に行くと、机の前にじっとすわっていることがありました。一晩中、寝ないで起きていたのです。こちらを向いて「かあさん……、人間は何をするために生きているの」と聞いてくる優介に、何と言えばいいのかわかりませんでした。目的もなく生きていることは本当の意味で生きていることとは言わないと訴えられたのですから。

この頃から家出を繰り返します。この家には自分の居場所がないと感じたのかもしれません。夜になるとこっそり家を抜け出してしまうのです。

駅のホームで寝ていたこともありました。「どこそこの喫茶店にいましたよ」と、お友達から電話が入ったこともありました。お金など持っていないはずなのに、どこかのお店から、自分で「今、ここ」と電話してくることもありました。

記憶を失《な》くすということは、単に過去を忘れて今を生きるということではないのです。過去を失った人間は、こんなにもろいものかと、優介を見てつくづく思いました。

手足を縛られて、どこか知らない国へ連れていかれて目が覚めたときのことを想像してください。身動きがとれず、わからない言葉はただの雑音にすぎないし、物事の整理がつかず、何をすべきなのか全然わからない。そんな優介の状況を想像できるまで、長い時間が必要でした。

この時期、主人にも子供たちにも反対されましたが、優介を早く大学に戻したいと思っていました。六月五日の事故から、まだほんの三カ月しか経っていない頃のことです。行動を起こさせることが、優介に居場所を与えると考えたからです。

第二章　これから何がはじまるのだろう

'89.9〜'90.3

みんなとてもいい顔

とうさんと、かあさんと、車に乗って、はじめて大学というところへ行く。建物の前に立つと、大きなカベが、あちこちにならんでいて、すごく自分が小さく感じる。これが大学というところか。そして、いろいろなところから、いろいろな人が出てきて、建物の中へ入っていく。すごくにぎやかだ。

とうさんと、かあさんが部屋に入っていったので、ぼくは外で待っている。いったいぼくは、ここで何をしていたのだろう。

どこへ行けばいいのかわからないから、そこらへんをうろちょろしていると、すぐよこを人が歩いていく。何だかみんな楽しそうだ。

まわりをもっとよく見てみると、あちこちにたくさんの人がいる。大きな人や小さな人、いろいろなものを体にいっぱいつけている人、かぞえきれないほどの人がいて、みんなとてもいい顔に見える。

こんな人たちがいる大学というところは、どんなところなのだろう。ここで何がはじまるのだろう。ここに来たことがうれしい。ここに来れば、何かが見つかるかもしれない。

ここに来れば、きっと何かがかわる。

色のついた水

大学の教室とよばれるところには、たくさんの人がいて机がいっぱいある。そして部屋が、かぞえきれないほどあるみたいだ。

ぼくはここで何をしていたのだろう。何を考えていたのだろう。思い出せるきっかけがあるかもしれないから、いろいろな教室を歩いてのぞいてみた。

三つ目の教室に入ったとき、だれかが「ゆうすけ」とよんだ。声のほうを見ると、手をふってやってくる。だれなのだろう。覚えていない。ひょっとしたら、ちがう人に手をふっているのか。

その人は目の前に立ち、「久しぶり、たいへんやったなあ」と言った。何がたいへんなんだ。ぼーっと話を聞いていると、「立ちばなしもなんやから、食堂で話そう」と言った。

わけもわからず、その人についていく。部屋を出て、かいだんをおりる。そのとき、その人が「自動販売機でジュースでも買っていこう」と言った。自動販売機、ジュース。

意味がわからなくて、またぼーっとしていた。するとどこからか、キラキラ光る物をとり出すと、ぼくの目の前で、大きなハコにある細い穴の中へすてた。いきなりたくさんの光がつく。光のひとつをおした。すると、箱の下のほうで「ぱこん」「じゃーっ」という音がする。

音が止まると、その人は小さなとびらをあけて中から何かを出した。それはなんだと聞くと「これはジュースだ」と言う。のぞいてみると色のついた水が入っていた。色がない物は水と言い、色がつくとジュースというのか。

「ゆうすけも、ジュースのむか」と聞いてくるので、ぜひのんでみたいと答えると、またキラキラ光るものをとり出して穴にすてる。それは何か聞くと、お金という物だそうだ。やはりたくさんの光がついている。

「どれでもすきなジュースをえらべよ」と言われたけど、よくわからない。だから、いちばん高くて、はじっこにある光をおした。すると同じように、ぱこん、じゃーっと音がする。

ぼくも箱の小さなとびらをあけて、とり出してみると、ちがう色の水だった。ぱちぱちと小さいアワを出している。これものめるのかと聞くと、すかっとさわやかになるぞと言う。

それを口の中に入れて、のみこむと、ノドがいたい。でもおいしかった。これがジュースというものなのか。大きなハコも、色がついた水も、ぼくと同じ人間が作ったのかと聞くと、そうだと言う。人間というのは、かなりすごいのではないか。

キラキラ光る物

かあさんは目の前に、いろいろな大きさのまるい物をならべた。あのお金というキラキラ光る物もたくさんあるけど、ボロボロの色をした物もある。これは電車のキップを買うのにひつようなのだそうだ。

かあさんは、大きなまるいやつを指さして「ごひゃくえん」と言う。マネをするけれど、うまく言えない。かあさんは、もう一度「ごひゃくえん」と言う。

つぎは、よこにあったキラキラ光る物を指さして「ひゃくえん」と言った。そのつぎは穴のあいたキラキラ光る物を指さして「ごじゅうえん」と言った。そして、ぼくがいちばん気になっていたボロボロの色を指さして、「じゅうえん」と言った。

電車のキップを買うときは、穴のあいていないキラキラ光る物を二つ入れて、ボロボロの色を三つ入れるようにして覚えた。

ひとりぼっち

大学の中を歩いていると、だれひとり話しかけてくれないし、目もあわせてくれない。これだけ多くの人にかこまれているのに、だれも自分のことを気にかけてくれないのはなぜだろう。自分がちっぽけに思えてくる。みんなは楽しそうに話している。でそれでもぼくに声をかけてくれないのは、今までずっと入院していて、大学へ行っていなかったからだろうか。

しょぼくれながら教室に入っていくと、だれもいなかった。大きな入れ物や細長いぼうが、たくさんおいてある。べつの教室に入ると、あちこちに動かない人間の形をしたものがある。

べつの教室に入った。すぐ目の前のかべに、顔の絵がいっぱいはってある。どれもぶきみな顔をして、ぼくをにらんでいる。人がほとんどいない教室でそれを見るとこわい。ふくらんでいるような感じがするけれど、さわってみるとぺったんこだった。この大学では、こういう物を作るのか。

どんどんほかの顔を見たりさわったりしていると、見たことがある人の顔があった。これはたしか、ジュースをおしえてくれた人の顔ではないか。この人は、今どこにいるのだろう。大学の中をさがしてみよう。

同じ形が出てこない

電車に乗って大学へ行く。そのために何回も乗りかえなくてはいけない。はじめのころは、かあさんが、いろいろおしえてくれたけれど、今はひとりで行けるようになった。

朝。たくさんの人が乗ってきて、胸がつぶれてしまいそうだ。動くことも、かんたんにできない。

電車が駅に止まるたびに、おりる駅かどうかたしかめるために、首を出して外を見る。かあさんがくれた紙と、駅の名前を見くらべて、電車が止まるたびに、同じ形をしているかどうか、たしかめる。でも、同じ形はなかなか出てこない。もしかしたら、行きすぎてしまったのだろうか。どきどきしていると、心配になって、かあさんの顔が思い出されてきた。さみしい。

そう思っていたら、紙に書いてあるのと同じ形をした駅が出てきた。ここで乗りかえればいいんだ。やった。これで大学がある駅までたどりつけるぞ。

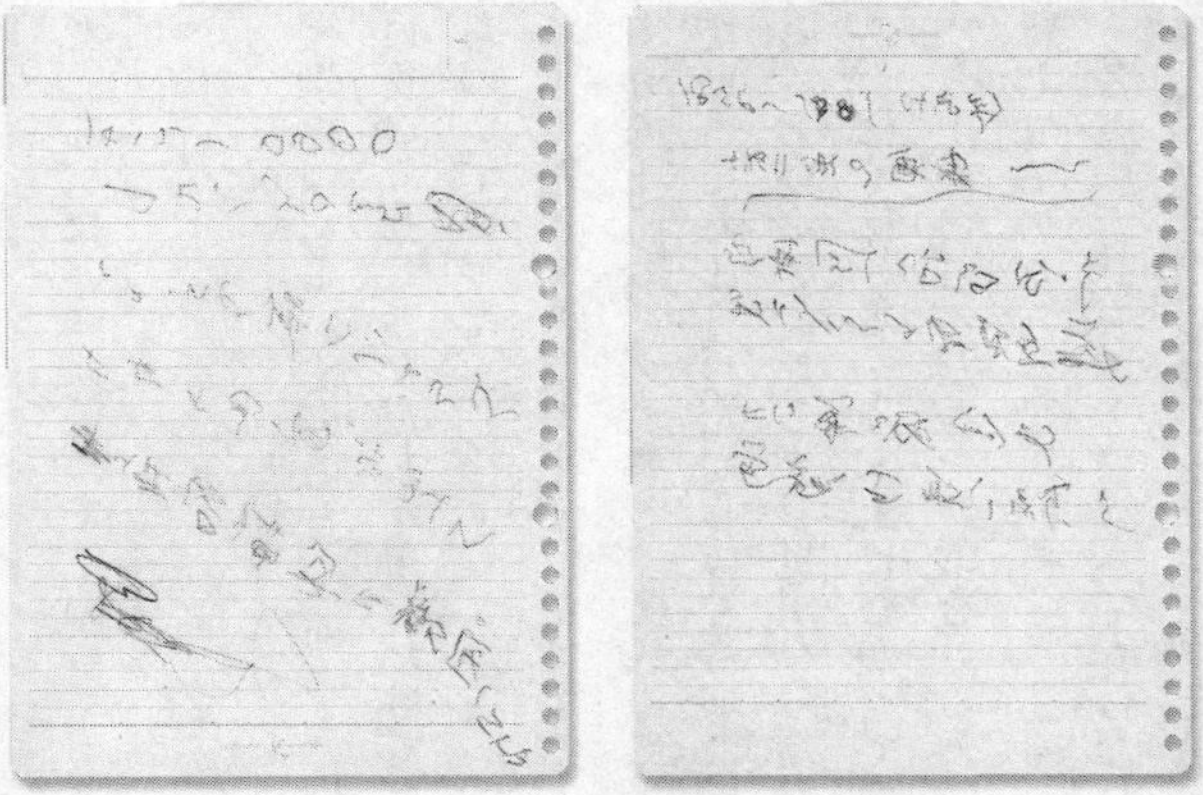

前にいる人は、
何をそれほど
速く書いているのだろうと
疑問に思っていた。

友だちについていくと

ひろい大学の中を歩いていると、「ゆうすけ、つぎの授業は、おれと同じだからいっしょに行こうぜ」と友だちが声をかけてきた。よくわからないけれど、そう言われるからついていった。

しばらく歩くとドアの前で止まった。すると、たくさんの人の話し声が聞こえてくる。これからどうなるのだろう。そんなことを考えていると、友だちはとっとと中へ入っていってしまう。だからぼくもあわてて中に入る。

見上げるくらい高いところまで机がならんでいる。かぞえきれないほどの人がすわっている。ぼくは一歩一歩、上にむかってのぼっていった。やっとすわったところは、ずっと上のところだった。下を見ると、たくさんの頭がならんでいる。いまから何がはじまるのだろう。

教室はうるさい。耳をふさいでみてもむだだ。ところが、ドアがひらいて、人が入ってくると、すべての音が止まった。その人は、ここにいるどの人とも顔つきがちがっているし、服の形もちがっていた。みんなにむかって話し出す。

さいしょは、みんなだまって、その人の話を聞いていたけど、時間がたつと、ひとり、またひとりと話し出す。それでも前に立っている人は大きな声でしゃべりつづけた。

でも、ぼくには何を言っているのか、全然わからない。はじめて聞く音ばかりで、意味がまったくわからない。となりにいる友だちに教えてもらうけど、これも全然わからない。

まずいな、このままでは人と話ができなくなってしまいそうだ。注意して、声をはっきり聞いて、その音を覚えよう。

ところが耳をすませていると、ひとりで前に立っている人の声だけでなく、いろいろな音が入ってくる。ぼくのまわりで話をする人の声、建物の外であそぶ人の声、外を走る車の音。声や音がいっしょになって耳の中に入ってくる。おもしろくて笑ってしまった。

すると、となりにすわっていた友だちが、ひじでつついてくる。「ゆうすけが声を出して笑うからやぞ」と言って、下をむいている。部屋の話し声もピタッと止まっている。ぼくの顔もすごく熱くなってきた。

だけどそのとき、ひとりで前に立っていた人が「いつもこれだけしずかだったらいいのになぁ」と言った。すると教室が笑い声だらけになって、その声はしばらくつづいた。

同じ形にうつしてみる

友だちが「ゆうすけ、ノートはちゃんととっているのか」と聞いてくる。ノートって何だろう。じっとしていると、友だちが、ノートと書く物をかしてくれた。そして前のほうを指《さ》して「黒板に書かれた字をうつすんだ」と言う。

その意味がよくわからないけれど、指したところには、いろいろな形があった。それと同じ物を書く。みんながやっていることなのだから、ぼくもできるようにならなければいけないんだ。

前に立つ人は、いろいろな形をうまく書いていく。みんなもすぐに同じことをする。ぼくも同じように手を動かしてみるけれど、うまく同じ形が書けない。どうしてぼくにはできないのだろう。動け、動いてくれ。細長い物をもつ手に力が入る。みんなのように早く書けないけれど、それでもいくつかはうつすことができた。

もうひとつ書いてみようと細長い物を動かそうとした瞬間、前にいた人が書いた物をぜんぶ消してしまった。どうしてせっかく書いた物を消してしまうのだろう。

細長い紙のこと

キップを買うと、お金がどんどんなくなっていった。気がつけば袋の中には、ボロボロの色の物が二つしかない。どうすればいいのだろう。そのとき、細長い紙のことを思い出した。

かあさんが「これは千円と言って、百円が十枚になるもの」と教えてくれたやつだ。だけどそのときは、絵の色がきれいで、よく見ると描かれた線もきれいで、そのことばかり気になっていた。だけどこれをどうすればいいのだろう。

しばらく考えて、いつも駅の出口ですわっている人にきいた。するとその人は、ぼくの紙をとってしまった。びっくりして声も出ない。

でも、その人はすぐに、穴のあいていないキラキラ光る物をたくさんくれた。すごいじゃないか。あんなうすっぺらな物で袋の中がまたおもくなる。うれしくなって「ありがとうございます」とお礼を言った。

お金は悲しい

学食にいると、見たこともない人が「ゆうすけ久しぶり。体はだいじょうぶだったのか。みんな心配していたから後でクラブのほうに顔出しに来いよ」と言った。その人がだれかも、そして何を言っているのかも、さっぱりわからない。「クラブって何ですか」と聞くと、「話では聞いていたけど本当だったのか」と心配そうに言う。ぼくはその言い方や、その顔がきらいなんだ。だけど、だまっていると、クラブの部屋まで連れていってくれた。

近くまで行くと、「ハリハリが来た」と言って、みんなぼくの顔を見る。早くおいでとよんでいる。どんな事故をしたのか、体はどうなったのか、いろいろな質問に答えるたびに、部屋にいる人が目をまるくしたり、大きなため息をついたり、笑ったり、いろいろな顔をする。でもみんな、がんばれと言ってくれた。ほかの部屋の人からもよばれたり、会いにきてくれたりした。

気づくと、午後の授業がはじまっている。そのことを言うと、みんな「またいっでも来いよ」とか、「明日もまってるからね」と言ってくれた。教室にむかってる途中でも、うれしかった。明日もあの部屋へ行こう。事故をする前に、さっきの人たちとどんなことをしていたのか思い出せるかもしれない。

教室に入ると、先生が突然大きな声を出して、「おくれたやつは教室に入るな」と怒鳴った。あわてて教室の外に出ると、ほかにも何人かいて、「あの先生はきびしいから今日はあきらめよう」と言って帰って行った。

つぎの日も、クラブの部屋に行った。ところが昨日とは様子がちがっている。何があったのだろう。どうしたらいいのか、わからないので、昨日会った人を見つけて、となりにすわった。でもその人は、一言あいさつをするだけで、だまって前の人の話を聞きつづける。仕方ないので、ぼくもだまってすわり、前の人の話を聞いた。

つぎの授業がはじまりそうな時間になったところで、前に立っている人が「以上です」と言う。するとみんなが立ち上がり、前の方へ行ってならびはじめた。だからぼくもいっしょにならんだ。

後ろにならんだ人に、これから何をするのか聞いてみると、一カ月分の部費をはらうのだそうだ。でも部費ってなんだろう。

ぼくの順番になる。すると部費を集めている人が、「君は長いあいだ部費をはらっていないね。部費は一カ月遅くなるたびに一カ月ぶん増しだから、三万六千円だ」と言った。よく理解できなかったけど、そんなお金はもっていないことだけはわかる。

こまって、事故にあったことを話すと、「そんなん自分のミスやんけ、部費と何の関係があるねん」と言われた。「お前のせいで、まわりの人のほうがこまってんねんぞ。早よ部費はらってくれよ」とイライラしたように言う。

後ろでならんでいる人も「部費ぐらいさっさとはらえよ。早よはらわへんと授業が終わってまうやんけ」と言っている。だからその日は、もっていた千円札をぜんぶおいた。何十分かおくれて授業に行ったら、その日もうけさせてもらえなかった。

あんなに楽しいところが見つかってうれしかったのに、あたらしい友だちに会えたことがうれしかったのに、どうしてこんなことになるのだろう。

つぎの日もしょぼくれていた。すると友だちが会うたびに、どうしたのか聞いてくる。部費の話をすると、「そんなクラブやめてしまえ。俺がそいつに言ってきてやろうか」と怒り出す。友だちの顔のかわり方や、ことばのはげしさのほうがこわかった。部費のことは、もうだれにも話せない。

あの部屋にお金をはらいに行くと、いろいろな人が見ている。すると、はらうな、はらえの言い合いがはじまった。もうやめてくれ、どうしてこうなるんだ。

「今日でクラブはやめますし、それまでの部費ははらいますんで、みなさん言い合いはやめてください」

そう言うと、まわりはしずかになった。

さいごは、みんなと同じそれまでの部費をはらって部屋を出る。部費を集めていた人は「とんだ迷惑うけたもんや」と言っていたけど、何人かの人は小さく手をふってくれている。

部屋を出て歩いた。ずっと歩いた。悲しかった。

同じ形をした人間はひとりもいない

人間って何ですかと友だちに聞く。すると面倒くさそうに、あちこちを指さして「あれも人間、おれも人間、こいつも人間、みんな人間。おまえだって同じ人間だ」と言った。同じと言うけれど、何が同じなんだ。ぼくと同じ人間なんて見つけられない。

電車に乗っても、形はにているけれど、みんな大きさがちがう。細長い足の人もいれば、大きな顔の人もいる。背の低い人もいれば、高い人もいる。どこが同じなんだ。駅に止まると人が入れかわる。またあたらしい人が入ってきた。その人はずいぶん小さく、体はまんまるで、髪の毛の色がちがう。動きが遅くて、ゆっくりと進む。この人も、ぼくと同じ人間なのか。

その人が電車の中を歩いていくと、髪の毛が長い人が立ち上がった。二人ともよろこんだ顔にかわった。

だけど、電車を降りて右や左を見ても、ぼくと同じ人間は、どこにも見つからない。

あいうえお

かあさんが「大学の授業に出てるけど字は読めるの」と聞いてくる。字って何だろう。そう言うと「あいうえおとかあるでしょ」と言う。だけど、何のことかわからない。

かあさんがノートと鉛筆をとりに行って、ぼくの目の前に出す。そこに「あいうえおと書いてみなさい」と言う。だけど、どう書けばいいのかわからない。かあさんは少しおどろいている。するとかあさんは、ノートに細い形の物をたくさん書いた。それは何と聞くと、ひらがなだと言う。ただじっと手の動きを見ていた。しばらくすると手を止めて、「これでぜんぶかな」と言う。そこには、いろいろな形があった。読めるかと聞いてくる。でも、どれも読めなかった。するとかあさんは、ぼくのよこにすわって、鉛筆でいちばんさいしょにかいた形を指した。

「この字は『あ』。言ってみて」

「あ」まえにどこかで聞いたことがあるような、よく知っている音。だから「あ

〜」と少しかすれて、消えてしまいそうな声だけど、同じような音が出せた。

「じょうずじゃない。わかった。この形がひらがなの『あ』という字です」と話すかあさんの顔を見ると、よろこんでいるのだとわかった。だから、ぼくもうれしくなった。そのようにして、どんどん練習をしていく。

だけど、ひらがなを書けと言われると、頭の中がまっ白になってしまう。だから、いつもノートをカバンに入れて練習をした。

クルンとひねる文字はうまく書けない。「お」「ま」「よ」「を」は、ぎゃくにひねったりしてしまう。でもくりかえしているうちに、何も見なくても、ひらがなを書けるようになっていった。

助けてやらなくちゃ

にぎやかな音が聞こえてくる。たくさんの人が集まっている。中に入ると急に音がうるさくなって話し声も聞こえない。みんなここで何をしているのだろう。

大きな箱があって、いろいろな色に光っている。その前で立っている人のそばに近づくと、その人の手に、あのキラキラ光る物があった。これからどうするのか。もっと近づくと、小さな細い穴に入れた。するといきなり、とても楽しそうな音が出てきた。

その箱の中の物が、ヘンな動きをしたかと思うと、何かを持ち上げてもどってくる。ぼくの息が速くなる。何かが落ちる。見ると、箱の前に立っている人が、とてもかわいい物をもっている。あのキラキラ光る物は、こんな物にもなるのか。

大きな箱の前に立つ。かわいい顔をしているのが、たくさんつまっている。下のやつが苦しそうだ。ぼくがもっている光る物をつかって、こいつらを外に出してやろう。

キラキラ光る物を袋から出すと、大きな箱の穴に入れて、さっきの人のマネをして動かす。ヘンな形をしたぼうが、ヘンな動きをして下に落ちる。するとかわいい顔をしたやつを取ってもどってくる。はあはあと息が速くなる。ぼうが止まると、落ちる音がした。箱の下を開けると、あいつがいる！

でも、中にのこったやつがみんなこっちを見ている。その目がかわいそう。助けてやらなくちゃ。

何度もそいつらを出そうとするけれど、うまくいかない。ついにキラキラ光る物がなくなってしまった。だから今度はボロボロの色の物をつかってみた。

でも、何回入れても箱の下からそのまま出てきてしまう。これだとだめなのか。やっぱりキラキラ光るやつはすごいんだ。

もう、キップを買うぶんがのこっていない。これから、どうやって家へ帰ろうか。箱の中からとりだした、かわいいやつを両手で持ちながら考えた。

ふしぎなひも

ぞうりで体育はまずいだろうと言われた。なぜだろう。首をひねっていると、べつの友だちが「貸してもらったスニーカーを返すよ」と言って、何か出してきた。これがスニーカーで、くつとも言うのだそうだ。

みんなが行くぞと言うので、急いでぞうりをぬいだ。そして目の前のスニーカーをはこうとした。だけど、足が入っていかない。こまっていると、友だちがスニーカーをとりあげて、ぐちゃぐちゃいじって「これでよし」と言ってわたしてくれた。

そのぐちゃぐちゃしているものは、ひもというらしい。さっきと形がかわっていた。今度はすぐに足が入る。ぼくも走り出す。

するとどうだ。この足をつつみ込むような感じのよさは、何なのだ。ぞうりみたいにぬげそうになることもない。これだとものすごく速く走れる。すごいじゃないか、スニーカー。

それに、ひもの結び方ひとつで、足から伝わってくる気持ちをこんなにもかえられるのか。みんなはどうやってひもを結んでいるのだろう。

グランドに行って、みんなのスニーカーを見たらおどろいた。ひもの形が、みんなそれぞれちがっている。

ひもの結び方を覚える

ぞうりではなくて、スニーカーをはいて大学に行きたかったので、かあさんに相談した。すると、笑ってこっちへおいでと言う。玄関へ行ってとびらを開けると、中には、ひもが結ばれた大きなスニーカーがあった。

またあの体育の授業のときのような、足をつつみ込むような感じを味わいたい。かあさんは部屋のまん中に新聞紙をひろげて、スニーカーをおいた。ひもの結び方を練習する。

最初にひもをはずす。でもなかなか、ほどけない。かあさんを見ると、つぎからつぎへ、穴から穴へと、ひもがぬけていく。そして、あっという間に一本のひもにしてしまった。

でも、ぼくはうまくいかない。こんなややこしくなっているものが、どうして簡単にとれるのだろう。時間をかけながら、ゆっくりとっていく。

つぎは結びの練習。かあさんは見ててと言って、ひもをバッテンにしたり、外にさーっとひっぱったり、輪っかを作ってぐしゃぐしゃ動かしたりした。ひもが生きているみたいだ。

ぼくもまねをする。そばでかあさんが、口で説明してくれる。何回か失敗したけれど、時間をかけてなんとかできた。たしかに足が動かない。でも、片方の輪っかだけすごく大きくなっている。どうしてなのだろう。

するとかあさんが、両方のひもの長さが同じでないと、そういうふうになってしまうのだと教えてくれる。だからもう一度、ひもを穴からはずすところからはじめた。同じ長さになるように、ゆっくりゆっくりと、穴にひもを通していった。

つよい味方があらわれる

なかなか眠れない。でも、どうして人は寝なくてはいけないのだろう。かあさんに教えてもらおう。

かあさんは、ふとんの中で目をひらくと、ぼくの顔をじっと見て、「もう四時すぎているのにどうしたの、明日も授業があるんだから早く寝なさい」と言った。どうしてなの。どうして、みんなふとんに入って目をとじているの。目をとじて何をしてるの。

そんなことを聞くぼくに、「ゆうすけにはわからないけど、今はかあさんの寝る時間なの。夜に人を起こすのはやめて、自分で調べなさい」と言った。

調べるってなに。すると母さんはのっそり起き上がり、ぼくの部屋まで行って、すみの方から何かをとり出した。すこしおもい。これは何と聞くと、国語辞典だと言う。ぼくが知りたいと思ったことが、その中に書かれているのだそうだ。そしてつかい方を教えてくれた。

だからさっそく、この国語辞典が何であるか調べてみた。辞書のよこにある「あかさたな」でわかれたところの二番目「か」をひらく。わけのわからない字や言葉がならんでいる。ひらいたページの一字一字を読んでいく。だけど「こくごじてん」と書かれた字が見つからない。

ページの角に書かれたひらがなは「きり」と書いてある。か、き、く、け、こ。そうか「こ」はもっと後を見なければいけないんだ。たくさんの字が書かれた紙を一枚一枚めくっていく。

「こ」のところへ来たら、ゆっくり一枚ずつページをめくる。ひとつずつ字を読んでいく。あった。やっと「こくごじてん」が見つかった。読めない字や、意味がわからない言葉もあったけど、ぼくのつよい味方だということだけはわかった。

玄関でかあさんがぼくをよんでいる。行ってみると、体の大きな人が四人立っている。だれなのか、何のために来たのかもわからない。

「おー、元気そうやんけ」と言う声を聞いたとき、頭の後ろのほうでひっかかるものがあった。目をとじて考える。みんながどうしたんだと心配している。そのとき「高橋卓司さんですか」という言葉が出てきた。そう言うと「よかった、ちゃんと覚えてくれてたか。でも高校の頃は、たくじってよんでたぞ」と言った。

でもぼくには、どうしてそんな名前が出てきたのか、わからない。彼は病院にも見舞いに来てくれたことを話すけれど、ぜんぜん覚えていない。それに、ほかの三人の名前は思い出すことができない。

高校時代の友だちは、ぼくが仲がよかった女の子の家に行こうと言う。彼女もぼくの見舞いに行きたがっていたらしい。ぼくにそんな女の人がいたのか……。そうつぶやくと「会ったら思い出すって」と言う。本当に思い出すのだろうか。

友だちの車に乗った。窓から、ついてくる夜空の月をじっと見ていた。着いたぞと言う言葉と同時に車は止まり、みんなといっしょに車を出ると、目の前には大きな建物があった。「あそこが彼女の家やったのは覚えてるか」と言うけれど、あんなに大きな建物がどうして家なのだろう。

大きな建物の下にある公園で待っていると、女の子が中から出てきた。みんな楽しそうに話をはじめる。久しぶりに会ったのだろう。

でもぼくは、何を話しているのかも、どのように話したらいいのかもわからない。考えれば考えるほど、体がかたくなっていく。だからみんなに合わせて、みんなが笑えば笑い、意味がわからなくても笑い、うなずけばうなずいた。それが精一杯だった。

だれかが、彼女にむかって「少しまるくなったんじゃない」と言った。するとみんなが口々に「まるくなった。まるくなった」と言いはじめる。友だちの一人が「なあゆうすけ、まるくなったと思うやろ」と聞いてくる。なんでぼくに話しかけるんだ。でも、人がまるくなるということが、どういうことなのかわからない。

「おいゆうすけ、だまってないで何か言ったれよ」と言ってくる。みんながぼくをじっと見てる。彼女もぼくを見ている。

友だちの目を見ると、早く何か言えよと言っている。こまった。

「子ぶたちゃんみたい」

友だちがげらげら笑っている。彼女も「きついなぁ」と言った。ぼくは何かわるいことをしてしまったのか。でも、まるくてかわいい子ぶたちゃんという歌しか思い浮かばなかった。

それから何ごともなかったようにみんなは話をつづけていたけれど、ぼくはもうしゃべることができなかった。つぎに何を言ったらいいか、こわくて話せない。

喫茶店にうつってからも、話せない。ただ、みんなと同じ顔を必死にまねしているだけだった。みんなが歯を見せて笑えば、ぼくも同じくらいに歯を出して笑う。考え込んでいたら、同じように手をあごにおいて考え込んだ。

友だちの車で家まで送ってもらった。ぼくが降りるとき、友だちがひとこと言った。「ゆうすけ、あのときの子ぶたはまちがいやったな……」やっぱりあれはいけない言葉だったのか。

母の記憶　2

優介が大学に入学した頃、「かあさん、やっと自分がやりたいことをさせてくれる学校に出会った」と言っていました。そのことを思い出すたびに、何としてでも、もう一度大学に戻したいと思ったのです。

それで主人と一緒に大学に相談に行きました。最初は、いっそのことやめたほうがいいのではないか、というお話でした。一緒にいた主人も同じ意見です。きっといろいろな人に迷惑がかかるだろうし、勉強する能力がない息子が大学へ行ってもしょうがないだろうと言います。

でもわたしは、諦《あきら》めることができませんでした。優介がやっと見つけた、絵を描くという生き甲斐までなくさせたくないと思ったのです。

私は、優介が生まれる前から、絵を描く子に育てたいと思っていました。別にプロの絵描きになってほしいというのではありません。ただ自分を励ますものとして絵を描いてほしいと思ったのです。

出産の前日には、私が絵を描いて優介誕生の心づもりをしました。一歳ぐらいでマジックを渡して絵を描かせました。ぐしゃぐしゃでなく、点が描けるだけでうれしかったので、そのあとも十二色、二十四色の色鉛筆や、絵に関するものをよく買いあたえていました。

優介もそれに応《こた》えてくれて、幼稚園のときにはお手製の本を作ってくれたり、ロボットやお化けの絵を描いてくれました。わたしはそれが大好きで壁に貼っていました。外で遊ぶより家の中で絵を描いたり、物を作ったりすることの方が好きでした。

絵はずっと、優介の人生の一部だったのです。だから、たとえ違う人格になっても、大学をやめて絵を描く環境がなくなることはかわいそうです。必死でそう訴えました。

それで最後は、大学側も「何も期待しないでください、絵を描くことによって気持ちが和《なご》んだり、何か記憶を呼び戻したりすることがあるかもしれません、まずはリハビリとして受け入れましょう」とおっしゃってくださいました。大学を退学することはいつでもできるのだから、続くところまで頑張ってほしいと思いました。

しかし、大学へ復学することは、優介にとって肉体的にも精神的にもきついものでした。一日行くと疲れ果て、一週間は休みます。一週間のうち二日行けたらいいほうです。

切符を買って電車に乗ることを教えました。でも私が学校までついていった記憶はないのです。乗り換えなくてはいけない駅の名前や、電車の名前を書いた紙を渡して、「行けるよね」と私の期待だけで送り出したのです。

最初のうちは、降りる駅がわからないとか、いろいろな問題がありました。いちばん多かったのは、何か気になるものを見つけると、電車を降りてしまうことです。気になることを、はっきりと確かめないと気が済まないのです。

だから電車が止まるたびに途中下車ばかりして、大学まで辿《たど》りつけないこともありました。電車をどんどん乗り継いで、とんでもないところへ行ってしまったこともありましたので、迷ったらタクシーで家に帰ってきなさいと言い続けました。

あるとき、近鉄南大阪線の吉野駅から電話がかかってきたのです。「お宅の息子さんの忘れ物がありますから取りに来てください」と。吉野駅と言ったら終点です。大学に行くには、そのはるか手前の近鉄長野線の古市駅で乗り換えて、喜志駅で降りなくてはいけないのに、ずっと乗って、吉野駅まで行っていたのです。それで電車の中に絵の道具とかを忘れてくる。本人はそのことに全然気づいてなくて、大学に戻っていました。

とにかく、朝、家を出ると無事に帰ってくるまでが心配です。ときどき大学から「今日は来てませんけど家のほうは出ましたか」と電話がかかってくるのです。夜になっても、いつまで待っても帰ってこない。もうどうしたのだろうと思っていると、真夜中の十二時すぎに、疲れ果てて帰ってきたりしました。一体どこへ行っていたのでしょう。

行方不明になって、明け方まで探しまわったこともありました。このようなときは、大学へ行かせるのは無理だと思いました。家にいるほうが安心だという思いが強まって、優介にかわいそうなことをしてるのかもしれないと思いました。

でも結局、生きていくとはそういうことだと割り切ったのです。辛《つら》くても自立させなければならない、記憶がなくて馬鹿にされても、それを受け入れてくれる人が、わずかでもいればいいではないか、と思いました。

本人にしてみれば、私がせきたてるから行かなければという思いもあったのではないでしょうか。きっと大学にも違和感があったと思います。家の中であれば、身内同士許し合える関係ですが、大勢の人間の中ではそれは通用しませんから。

大学で授業を受ける様子も想像がつきました。テレビの会話もわからない、本も読めない優介が勉強なんてできるわけがないと思っていました。

優介も、授業ではどうだったとか、先生にこう言われたとか、大学での様子をポツポツ報告してくれましたが、話の内容から、ああこれは無理だなと思いました。

絵のことでもいろいろ悩んだみたいです。優介はそもそも入学したときから、絵の基礎ができてないと言われていました。ほかの学生さんは芸大に入るために専門学校へ通ったりしていたのに、優介にはそのような経験がありません。でも、何度描き直しをさせられてもそれが苦にならない、絵が好きで好きでたまらない子でした。逆に、こんな楽しい学校があるんだ、好きなことだけをやってればいいんだと毎日が本当に楽しそうでした。

しかし、事故を起こしてからは、そういう感性が一度きれいに消え失《う》せてしまいました。「絵ってナニ」という感じです。だから大変でした。教室では、まず先生の指示がわからない。絵を描こうということになっても、その絵に関して先生が何を望んでいるかが理解できないのです。

一年生の最後に作品提出がありました。みなさんはすごい力作を出してくるのです。優介のはどうかというと、小学生の夏休みの宿題みたいなものでした。すごくショックを受けて帰ってきました。並べられた自分の作品は劣っている。あれは恥ずかしい、もう捨ててしまいたいと言っていました。でも、人の作品を見ることが刺激になっていると思いました。絵は、優介が唯一負けず嫌いになれるものですから。

悔しさもあったでしょうが、あるときから「事故にあったからできません」という言い訳が出始めます。事故のことを理解して受け入れてくれる人もいるかと思えば、逆に厳しくされたりと、優介のほうも、いろいろと苦しかったと思います。

大学での生活は、すべてお友達のまねです。食事をするにしても、人がサンドイッチを頼んだらサンドイッチ、カレーならカレーというふうに、毎日新しいものを、あれは何だろうと思いながら注文していたようです。

でもカレーは刺激が強すぎて食べることができないし、炭酸のジュースを飲ませてもらったら、口の中でパチパチと弾けてびっくりしたと言ってました。

優介には「二度と口にしたくない」ものと、「また食べたい」ものがあったのではないでしょうか。それを、ひとつずつ覚えていったのだと思います。

お金のことも大学へ行き始めて覚え直しました。最初は、切符を買うのに困らないように、小銭を交ぜて三千円ぐらいをお財布に入れてあげました。それ以外に、タクシーに乗るためなど、もしものときのために困らないようにと五千円を持たせたのです。

ところが、あるときから全部使い果たして帰ってくるようになりました。万が一のために渡した五千円まで使ってしまいます。何に使っているのかと思ったら、ゲームセンターにあるUFOキャッチャーなのです。

最初はわかりませんでした。「何に使ったの」と聞いても、「絵の具を買った」とか言っていました。でも毎日、何かを連れて帰ってきます。

私があまりにも、ごちゃごちゃ言うものだから、おばあちゃんのところへ逃げてしまいました。私も、そちらのほうが少しは大学にも近くなるし、しばらく離れて暮らすのもいいかなと思いました。

でもおばあちゃんも、びっくりです。毎日夜遅く帰ってくるし、必ず何かを連れている。そのうち四畳半の部屋がＵＦＯキャッチャーのぬいぐるみでいっぱいになりました。

文字はほとんど理解していなかったと思います。不思議なもので、事故の直後、病院にいるときは、まだわかっていました。絵を描かせようと渡したスケッチブックには、短い簡単な文章は書いていましたし、漢字で自分の名前も書けました。入院中には自我もなかったのに、家に帰り、行動を起こせない自分がわかった頃から前に進めなくなったのだと思います。いつ、どの瞬間に、そうなってしまったのか、全然わかりません。

書く文字は、ひらがなが多かったです。忘れずに覚えている字もありました。いまさら漢字など教えきれません。

私と一緒にいるときは生活に必要なことを言いました。水風呂はだめ、適温というのがあるのだよとか、ご飯食べるにしても適量というのがあるのだよとか、きちんと朝起きて夜寝ようねというような、基本的なことです。

本は漫画が好きだったので、そこから始めました。絵はなんとなくわかるようになっていたけれど、台詞《せりふ》が理解できない。だからつまらない。それで辞書を引いてました。

辞書の引き方を教えましたが、自分で調べたその答えがわからない言葉だと、それも調べなくてはいけなくて、きりがありませんでした。

英語もわからないから、大学の授業で提出する和訳は、私がいく晩もかけてやるのです。ノートの字を見ても優介の字ではないですから、先生もわかっていたのではないでしょうか。そのうち先生に、坪倉君はもういいよ、と言われたそうですから。

外出時のこと、勉強のこと、お金のこと。日常生活をするために覚えなくてはいけないことを教えるというのは、こんなに面倒なものなのかと投げ出したくなることがありました。十八歳の大人を相手にしているわけですから、「育児ノイローゼ」というよりも、「対人ノイローゼ」という感じです。

優介に対するもどかしさもありましたが、自分の根気のなさ、力のなさに嫌になったこともありました。「顔を洗いなさい」と言っても、「なぜ顔を洗わなければいけないんだ」と聞いてくる。「朝起きたら顔を洗うものなんだ」と説明しても、自分が命令されてるように感じてしまう。「なぜソースかけろ、醤油かけろと言われなければならないの」とつっかかってくる。それが毎日です。

ただこれは他人の前ではやってはいけない、おかしいと思われることだとはわかっていたみたいです。だからなおさら全部わたしに向かってくるのです。うるさいぐらい話し合いました。困った会話につき合うことで、言葉の刺激になると思っていました。

この頃の優介は、本当に十八年間の記憶を取り戻したくて仕方がありませんでした。誰だって三百六十五日、すべての記憶があるわけではありません。だから私は、昔にこだわるよりも、今日から何かを始めればいいと言いました。でも優介は、「今まで何をしようとしていたのかを知らなければ、前に進むことができない。それを知らなければ生きている意味がない」と言うのです。

第三章　むかしのぼくを探しにいこう

’90.4〜’91.3

あっちの教室

学校の掲示板に名前が書いてある。みんなの名前の上には「2」と書いてあるけれど、ぼくだけ「1」がついている。どうしてぼくだけ形が違うのだろう。帰ってかあさんに聞くと「あ、やっぱりだめだったのね、先生も留年するようなこと言ってたしね」と言った。でも、留年の意味がわからなかったから、ぼくはただほおんと聞いていた。

四月になって大学へ行く。教室で友だちと話をしていて、授業が始まろうとしたら、つぼくらくんはあっちと言われた。なんで。

あっちと言われた教室に入っていくと、知っている人はだれもいなかった。ぼくだけひとり。お昼になると、みんな誘いあっていっせいに出ていく。そしてまたしばらくするといっせいに帰ってくる。

だけどぼくはひとりぼっちで、「なんでここにおらなあかんのやろ」と思いながら、教室で絵を描いた。

休み時間にとなりの教室を見ると、去年いっしょだった友だちがいた。声をかけても、絵を描くのに忙しそうで「あとでな」と言われてしまった。そんなふうに言われると、もう声なんてかけられなくなってしまう。

今まで友だちだった人とは、はなれるハメになって、話せる人がだれもいなくなってしまって、どうしてひとりで絵を描いてなくてはいけないのだろう。留年って意味がよくわからない。

小さなヒラヒラ

電車に乗ると、ぼくはいつも窓のそばに立つ。あるとき、たくさんの人がどっと乗ってきた。ぼくが立っているのに、次から次へと入ってきて、ぼくを奥のほうへ押していく。

そこにいたいから、いろんな人にぶつかりながら、前のほうに進もうとする。そうすると、みんなにらんだ。それでも外が見たかったので、前に進んでいく。

そのときだった。ヒラヒラしながら飛んでいる、色のついた小さな物が見えた。あいつは何だ。目で追いかけるけれど、あちこち飛んで動きが速い。顔の動きを、それに合わせる。もっと近くで見てみたい。そう思うと足が動いた。

どんどん中に入ってくる人にさからって歩き出す。あの小さなヒラヒラが、すぐ近くまで飛んできた。右手をいっぱいにのばす。手に届く。今だ。

体は電車の外に出ていた。後ろでとびらが閉まる音がしたけれど、そんなことはもう関係ない。

手の中を見る。何もない、どこへ行った。すると、ずっと遠くのほうでヒラヒラ飛んでいた。電車もなく、だれもいなくなったその場所から見ると、小さなヒラヒラはもっと小さく感じる。

ふと見ると、その先の林の中で、もっとたくさんのヒラヒラが飛んでいる。また近くに寄ってきた。それを追いかける。もうすこしで手が届く。

だけど、とてもかたいあみが、ぼくの体を止める。そしてヒラヒラは、その間をすりぬけていき、林の中まで飛んでいってしまった。

もう家にいたくないんだ。外に出ていこうとすると、玄関でかあさんが手をひっぱる。「ゆうすけ、どこに行くの」と聞いてくる。わからないことを、だれも教えてくれないから、教えてくれる人を探しにいくんだよ。

友だちと話して、むかしのことを思い出せないと、その顔がだんだんかわってくるんだ。ぼくを見てくれないし、口からは何度もハーと音を出す。何を聞いても、ほかの人に聞けと言って、目の前からいなくなっていく。

だからかあさんに聞くんだよ。でも、ぼくの話を聞いてくれないなら、みんなといっしょだ。家の中では、そういう顔を見たくないんだよ。寝てたって、教えてほしいことがあるんだ。明日にしてと言われたって、ぼくには明日の意味だってわからないんだよ。

「どうしてこんな時間に出ていくの」と言いながら、かあさんが手をひっぱっている。その声を聞いて妹や弟がやってくる。弟は、ぼくとかあさんの間に立って、大きな声で怒鳴る。三人のぼくを見る目はそれぞれ違っていたけれど、どの目もこわい。

早くこんなところから出ていきたい。こんなところにいたくない。そう言って外に出ようとすると、みんなが玄関の前に立って、ぼくを通せんぼする。

でも、そのときだった。「どうして家から出ていきたいの」と言っているかあさんの目から、何かがたくさん流れ出している。それは止まらずたくさん流れる。口は力を込めて閉じているのに、目から何かが、止まることなく流れている。それを見ると、急に息ができなくて胸が苦しくなった。それは見たくない顔だ。ぼくがこんなことするからこうなるのだ。もうやめよう、もうやめなくてはいけない。

むかしに届いた手紙

押し入れから箱が出てきた。ふたを開けると、中に手紙がいっぱい入っている。自分がどんな過去を持っていたのか、どんな人を知っていたのか知りたくて、とり出して読んでいく。

大きなカニの絵が描いてあるはがきがある。それは、高校の同級生からのようで、「いっしょに海でおよごうね」と書いてある。わからない言葉は国語辞典で調べた。そうか、ぼくは「およぐ」ということができるのか。

年賀状があった。「去年はボーリングで負けたけど、今年は負けないからな」と書いてある。ぼくは、ボーリングなんてやっていたのか。

封筒に入った手紙があった。かわいい絵がいっぱい描いてある便せんには、ぼくのことを「二十四時間、頭の中がダンスしている人」と書いてある。どうしてその人が、ぼくの頭の中までわかるんだろう。

家族写真

ひとりでアルバムを見ていると、家族五人で写っている写真があった。すごくかっこいいスポーツカーが家の前にとまっている。そこに、家族五人が並んでいる。たぶんぼくは、小学生ぐらいだ。妹や弟もすごく小さい。いい顔で笑っている。でも、どうしてぼくは笑っているのだろう。このときのぼくは、どんな気持ちで、何を考えていたのだろう。思い出せないのはふつうのことなのか、それともぼくが記憶喪失だからか。

アルバムをめくる。ほかのところでも、みんな明るく楽しそうに笑っている。だけど、そのときのことが頭に浮かんでこない。家族みんなで、そういう顔を浮かべていたときのことを思い出したい。頭をかかえて、その場にすわり込んでみても、全然思い出せない。

事故にあったことが悔しくなってくる。歯に力をいれてくちびるをかんだ。胸の奥で何か小さくひっかかるものがあるけれど、それが何なのかわからない。

ぼくは何を知っていたのだろう

本棚にある本を見る。事故の前のぼくは、何を覚えていたのかを知りたい。何を知ろうとしていたのかも知りたい。それをたしかめるために、ひとつ本をとって、一枚ずつめくっていく。いろいろな本があるけど、ほとんど字がいっぱいで、意味もよくわからない。

大きな本はいろいろな色をした絵がいっぱい描いてある。その絵はきれいだ。かっこいいのもある。事故の前のぼくは、絵が好きだったのか。

小さな本もいっぱいあって、それがいちばん多い。色はついてないけれど、たくさん絵が描いてあって、何か字も書いてある。それを見ているとおもしろかった。

ぶあつい本もあって、それはなかなか、とり出せないくらい重い。どの本よりも小さな字がたくさんあって、いつもつかっていた辞書の何倍もぶあつい。自分は、事故にあう前、これだけの字を読んでいたのかと思うとびっくりだ。

記憶がよみがえる瞬間

電車に乗っていると、知らない人と目が合った。その人は、だまってこっちにやってくる。そしてぼくの前まで来て「久しぶりやなあ、つぼくら」と言った。だれなんだ。なぜ名前を知ってるんだ。どうしても思い出せない。だから、「すいません、ぼくは今、記憶がないので思い出せません。どちらさまですか」と聞いた。

するとその人は、「話には聞いていたけどやっぱりそうか、たいへんやったなあ」と言って名前を教えてくれた。ぼくは、その人の名前を覚えるために、何十回も頭の中でくりかえした。

次の日も同じ電車でその人に会った。

彼はまた、ぼくの名前をよんだ。だけど、だれだかわからない。「ほんまに覚えてないのか」本当だ、まったく覚えていない。彼はすこし笑ってから、名前をもう一度教えてくれた。そして明日も、会えたらこの電車で会おうと言ってどこかへ行ってしまった。

三日目、同じ電車で彼を見つけた。名前は何と言ったっけ……。頭の中がまっ白だ。ぼくに気がついてこっちにやってくる。困った。

彼は笑いながら「おはよう」と言ったので、ぼくも返事をした。すると「私はだれでしょう」と聞いてくる。覚えていたはずの名前が出てこない。今すぐにでも言いたいのに。

ぼくがあせっていると、彼は大きく息をついてから、「俺、高校生のときに、清六とよばれていたんやけど」と言った。そのときだった。目がぱっとひらき、いろいろなことを思い出した。

そうだ、彼と高校生のとき遊んだ、いっしょにテニスをした、銭湯にも行った。

彼の名前は斎藤だ。

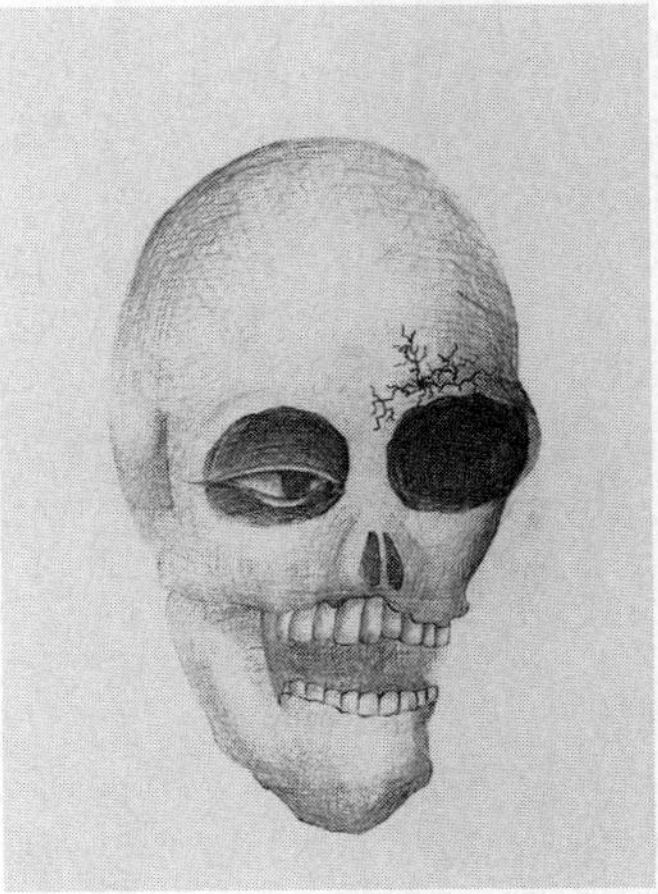

自画像（一九九〇）
自分の
心の鏡に映った
ぼくの顔。

ぼくの右腕みたいな物

授業で絵を描こうとしても、右手首がうまく動かない。無理に動かそうとすると、しゃべれないくらい痛い。しかたないから、左手で、痛い右手首をしっかりつかむ。それで、できるだけ動かさないようにして描いた。

ゆっくりゆっくり、鉛筆を動かして描こうとするのだけれど、うまくいかない。右手もだんだんしびれてきた。だけど、そうやっているうちに授業は終わってしまった。ぼくの右腕にはたくさんの血管が浮き上がっている。

静かなところで、絵のつづきを描きたくて、大学のまわりを歩いて場所を探していると、だれかの家の玄関のところで、小さな袋をたくさんぶらさげている物を見つけた。近くに行ってさわってみる。すると、中からコロコロと音がする。

こいつは何だ。表面に太かったり細かったりする線が通っていて、ぼくの右腕とそっくりじゃないか。この前病院に行ったときに、看護婦さんにあなたの腕は血が採りやすいと言われたぼくの右腕みたいだ。もしかして、この線を切れば、血が出てくるのだろうか。だからこんな色しているのか。よしこの絵を描いてみよう。

枝からひとつもぐ。それだけじゃ、なくしてしまいそうだから、もうひとつもぐ。三つめはおまけでもぎとった。

家に帰って母さんに見せると、「よくこんなきれいな、ほおずきとって来られたわね」と言った。ぼくの右手ににた物は、ほおずきというのか。よし、さっそくこのほおずきの絵を描いてみよう。

机のうえに紙とほおずきをおく。ほおずきの形をうすい色の鉛筆で描いていく。鉛筆をにぎった右手を左手でささえる。だけどうまく動かない。少しふるえてしまう。

弟が部屋に入ってきて「アニキそろそろ寝たほうがいいんじゃないか」と言った。もう夜中の一時を過ぎている。右手の血管がいつもよりふくれ上がり、今にも血が噴き出しそうだ。しかも右手には鉛筆を持つ力がのこっていない。だから左手に持ちかえて、ほおずきの線の部分を描いていった。

細かい線を描こうとすると、ブルブルとふるえてしまう。まったく思い通りに描けなくて、消しては描き、消しては描いた。

外も少し明るくなってくる。朝の七時を過ぎて、大学に行く時間が近づいてきた。

右手は青い血管を浮きあがらせて、腕全体がまっ赤になっている。左手もほとんど力が入らない。

でも、なんとか九時前にはほおずきの絵を描きあげた。やったぞ。血管が浮き出した右手とにているところが、予定通りでうれしかった。

ほおずきの線を
切ってみても
赤い血は
出てこなかった。
やはり植物は、
動物とは違うのだな
と思った。

むかしの髪型にもどしてみても

友だちがふざけて、「ゆうすけはむかし、髪の毛をハリネズミみたいに立ててたぞ」と言う。それにぼくは、すごく悪いやつだったとも言った。本当なのだろうか。急に心細くなって、別の友だちに聞くと「心配するな。たしかに髪型はすごかったけど、ゆうすけはふつうの人だったぞ」と言ってくれた。

親切にしてくれる友だちもいたけれど、ぼくの記憶がないことを知って、からかってくる人もいた。嘘の記憶を覚え込ませようとする友だちもいた。そんなとき、むかしの自分さえとりもどせたら、こんな思いをしなくてすむんだと、いつも思った。

だけど家に帰って、かあさんにアルバムを見せてもらうと、びっくりした。本当に、友だちが言ったとおり、痛そうな頭をしているではないか。

同じかっこうをすれば、もしかしたら、もとの自分にもどれるかもしれない。だから妹や弟に髪の立て方を教えてもらった。

事故前
高校の体育祭の
ときの写真。
白組の応援団を
やっていた。

事故後
むかしの髪型を
真似してみても、
結局、記憶は
もどってこなかった。

ジェルというドロッとしたやつを指につけて頭にぬる。指で押し上げるけれど、写真とどこかが違う。髪の毛がふにゃふにゃとしてしまう。妹にそう言うと、ガスコンロで頭をあぶらないといけないのだそうだ。すごいことになってきた。

コンロをつけると、すごい勢いで火がつく。このうえに頭をおくのか。でもやらなくちゃ。ゆっくりと気をつけてあぶっていると、だんだんと髪の毛がこちんこちんになっていく。妹にこれでいいのかと見せると、すごく立ってると言ってくれた。

次の日から、その髪型で外を歩くようにした。むかしのぼくと同じように。

たしかに「交通事故にあったんだってね、たいへんね」と話しかけてくる人の数が減ったような気がする。ぼくがむかしの姿にもどったから、みんな事故の話をしなくなったのか。でも電車の中で、人がゆっくりゆっくり、ぼくからはなれていくような気もする。

鏡って何だ

学食でごはんを食べていると、ぼくのまわりにたくさんの学生がいた。みんな楽しそうに話をしている。あんな顔どうやったらできるのだろう。

人間はいろいろな顔ができてすごいなあと、つぶやいていたら、それを聞いた友だちが、面倒くさそうに顔も見ないで、「ゆうすけだって人間やねんからあれぐらいできるぞ」と言った。本当にそうなのだろうか。ぼくもみんなと同じように、いろいろに変化する顔を持っているのだろうか。

手でさわってみると、確かにとんがっているところもある。てっぺんにはぼさぼさした髪の毛がついているのはわかるけど、だからといって、顔が変化するわけじゃない。

自分の顔が見てみたい。そう言うと友だちは、あきれたように「毎日家で鏡を見てないの？」と言う。ちょっと怒ってる。でも知りたいから、鏡って何だと聞いた。すると、学校のトイレの中にあることを教えてくれた。そんなもの、自分の家にあっただろうか。

ごはんを食べおえたら、すぐに近くのトイレまで走っていく。入り口があって、便器があって、手を洗うところがある。だけど、どこを見ても自分の顔を見ることができない。だから別のトイレに行った。でもやっぱりなかった。

大学の中を鏡を探しながら歩く。大きな建物の中へ入ると大きなパイプオルガンが見えた。左へ曲がって石の階段を上り、二階に行く。重い木のとびらを開《あ》けると、そこは図書館だった。ゲートを抜けて、図書館の中を歩く。

ずらりと並んだ本棚の間を通り抜けていく。でもトイレが見つからない。三階に上がる階段まで来てしまった。トイレは三階にあるのだと思って、上まであがる。また違う本棚がカベのように並んでいて邪魔をする。

図書館には鏡なんてないのだと思ったとき、四階に上がる階段が出てきた。こうなれば行けるところまで行ってみよう。

四階の部屋にも、やっぱり同じように本棚がたくさんあって、本がずらりと並んでいる。でもトイレはない。もう階段も出てこない。だめかもしれない。そのとき、ずっと遠くに机があって、その奥にちいさな通路があるのが見えた。ひょっとしたら、あれがそうかもしれない。「図書館の中では走らないで下さい」と怒られたけど、急いで行った。

白いとびらが見える。今度こそ鏡が見られるかもしれない。

ドアノブを回して、中に入る。それは今までに見たどのトイレよりもきれいだった。便器があって手を洗うところもあった。だけど鏡は見あたらない。どこだろう。

窓をのぞいてみると、突然だれかが顔を出した。びっくりして顔を引っ込める。するとその人も顔を引っ込めた。今のは何だ……。

もう一度のぞいてみると、また顔を出してくる。よく見ると同じ服を着ている。おまえはだれだ。そう言うと、相手は口を動かすけれど声を出さない。ぼくが手をふるとマネをする。そうか、これが鏡なのか。

はじめて見る自分の顔。なんとも言えない。目だって開くし、口だって動くし、耳もふたつあるし舌も出る。だんだんうれしくなってトイレでひとり笑っていた。ぼくだって笑える。ぼくはこんな顔をして笑うのか。

母の記憶　3

優介が夜になると家を抜け出すことは、しばらく続いていました。あるとき、出ていこうとする優介を玄関で止めようとして、わかり合えない悔しさで、思わず泣いてしまったことがありました。

私はよく泣きました。それこそ体当たりで、三人の子供を育ててきましたから、何かあるとよく泣いてました。でも優介にとっては、わたしの涙は初めてだったのでしょう。わたしが泣いているのを見て、さすがにこたえたみたいで、それからはぴたりと出ていかなくなりました。

事故の前と後で、性格がどのように変わったかと考えることがあります。昔の優介は、きつかったんです。よくケンカもしてました。そうかと思うと脳天気なところもあって飄々《ひょうひょう》としていました。

普通なら非常ベルは鳴らしてはいけないものですよね。でもあの子は押してしまうのです。小学校四年生のときでした。「どうしてそんなことするの」って問いつめると、「だって鳴らしてみないとわからない、体験しないとわからない」と平気で答えました。

中学生になって、みんなが高校受験でぴりぴりしているときも、オモチャの刀を背中にさして、学校でチャンバラしたりして先生もあきれていました。

高校生になると、髪の毛を十センチ以上立てて、襟足《えりあし》のところに細い三つ編みをしたりしました。たまには、そこにリボンをつけたりします。三つ編みは自分ではできないから、朝学校に行く前に、私がしていました。

卒業式で、優介の格好を見た父兄が、よくあんな格好を親が許しているわね、と陰口を言う声が聞こえてきました。学校にも自分で龍の絵を描いたGジャンで行って、妹のほうが「お母さん、お兄ちゃんのあの格好やめさせよう」と言ったぐらいです。高校三年生で進路を考えるとき、大学へ行けないのなら、美容師になるかファッションデザイナーになりたいと言ってました。

そのような優介が、事故の後だと、変わってしまいます。まるっきり大人しくなってしまうのです。

人を疑うのはもちろんのこと、争うことなど到底できるはずがありません。優介の自己防衛は、攻撃しないことなのです。見守ってもらうためには、自己主張しないことがいちばんだと、そのときの優介は直感でわかっていたのではないでしょうか。

そのように変わってしまった優介を見ると、かわいそうでした。本当は自己主張の強い、頑固者なのです。でも、そのときの私にできたのは、優介の行動をただただ見守ることだけでした。失敗も恥ずかしい行動も、それが優介の現状だと確認していくことしかできません。

とにかく優介は、昔のことを知りたがりました。記憶が戻るかもしれないと、アルバムをひっぱり出してきて、私に思い出ばなしをさせました。

私もひょっとしたら、ぼんやりしたものがクリアになるかもしれないと思ったので、一生懸命説明しました。だけど優介にしてみれば、何を話されても、わからないことが多いのです。昔の手紙を読んでも、昔はこうだったんだ、こんなやりとりをしていたんだという距離を残したままのとらえ方だったと思います。

それでもひとりで、自分が卒業した小学校へ行って、自分が描いた絵を見せてほしいと頼んで見せてもらったりしていました。小学校のつぎは中学校へ、中学校のつぎは高校へと行ってました。

お友達と会って、突然記憶が蘇《よみがえ》るということもあったらしいのですが、相手に一方的に話されて、何もわからないというのが、いちばん多かったのではないでしょうか。

優介が言うには、「俺は友達だよ」と言って、いろいろなことを話してくれるのだけど、自分の中の記憶とは結びつかないそうです。同じ友達でも、おはようと挨《あい》拶《さつ》を交わすぐらいの仲だったのか、もっと親密な仲だったのかがわからない。どう接していいのかわからないから、誰とでも同じ接し方をしなくてはいけない。どこで話しかけられても、おはようだけですまない。いつまでもだらだらと話してしまい、相手がさよならと言わない限り、いつまでもそこに居続けてしまうらしいのです。相手が言いたいことをすっかり話し終えるまでずっと聞くのですから、これは結構疲れただろうと思いました。

家族のこともぽつんぽつんと思い出すことはありました。でもそれが点だけで、線に結びつかない。思い出どうしが結びつかないのです。それでも優介は何とかしようと必死です。私が過去の話はもういいじゃない、と言っても、優介は嫌だと言いました。

高校生のときと同じように、髪の毛を立ててみたりもしてました。昔の自分は、どのような気持ちだったのか、を確かめたかったようです。大学へも髪を立てて行ってましたから。

主人は、そのような優介がもどかしかったのでしょう、シビレを切らして、自動車の運転免許を取らせると言って、いきなり福井にある合宿所へ入れてしまいます。私は、優介が自分で判断して車を動かすのは、まだ早くて無理だと思いましたが、主人も言い出したら聞かないので決行しました。

しかし、いざ始まってみると、同じ合宿に来ている人と気があわない、食事に魚がでるのが嫌だ、教官がうるさくて意地悪だなどと電話をかけてきました。途中で体調を崩して、一度戻らないといけないこともありました。

帰ってくるとき、最終電車に乗り遅れて福井駅で動けなくなって、主人が車で迎えに行ったりしました。少し長く通いましたが、なんとか免許を取ることができました。不思議です。

この頃、優介の右腕の手首の骨が折れていたことがわかりました。それまでも痛い痛いと言っていたので、レントゲンを撮りましたが、わかりにくい場所だったようです。むしろ事故で使っていなかったせいだと言われて、鉄アレイを持ってリハビリをしてました。

結局、事故から一年経《た》ってわかったときには、折れた骨が手首の中で腐っていて、腰骨からの移植手術をしなくてはいけませんでした。記憶だけでなく大事な手さえも不自由になったことに茫然《ぼうぜん》となりました。早く気づいて処置してやれなかった自分を責めました。

いつになればもとの優介に戻るのだろうと私を焦《じ》らす日々は延々と続く気がしました。

第四章　仲間はずれにならないために

’91.4〜’92.3

空の色、夕日の色、心の色

みんなは机の上においた箱を開けて、小さな物をとり出している。それは何かと聞くと、友だちが、絵の具だと教えてくれる。鉛筆だけではなく、絵の具でも絵を描くのだそうだ。友だちは、持ってなかったら俺のを使っていいぞと言ってくれたけれど、使い方がわからない。だから黙って見ているしかなかった。

教室の中には、笑いながら色をつけている人、黙って紙だけを見てひたすら色をつけている人、楽しそうに話をしながら色をつけている人、いろいろだった。

描かれた絵は同じものがなく、明るい絵、暗い絵、楽しそうな絵、悲しそうな絵がある。みんな手に棒を持って、紙の上で動かしているだけなのに、絵の具を使って描くと、色がついて、いろんな気持ちが伝わる絵になっている。

その夜、家に帰ってごはんを食べながら家族に絵の具の話をすると、妹が「にいちゃん、いっぱい持ってるんちゃうの」と言う。すぐに弟も「アニキの部屋の押し入れにいっぱいあるぞ」とつづける。そんな話を聞いたかあさんが、ぼくの部屋へ行って、箱を持ってきた。開《あ》けると、そこには絵の具がある。それは全部、ぼくが買ったものらしい。

横にすわっているとうさんが、「空の色を塗るのはこんな絵の具で、青という。夕日ならこの絵の具で、赤。ゆうすけが今着てる服の色なら、この黒だ」と言った。

ふーん、色にもそれぞれ名前があるのか。

それからは、くだもの屋さんでリンゴを見ると、それを描くための絵の具を探して、それは赤という名前だと覚え、メロンにはこの緑という絵の具を使うというふうに覚えた。

それだけでなく、毎日、頭の中に残っている風景や物を思い出し、それを絵にするにはどの絵の具を使えばいいか考えた。

だんだんなれてくると、見たままの色だけでなく、心の色も見つけるようになる。天気がいい日の空の色でも、教授にほめられたときに見える色と、怒られて見上げる空とでは、色が違うように感じる。そうした心の色も、押し入れの中から見つけ出して、その名前を覚えた。

暗闇の中から外を見ると

かあさんが絵の具を出してくれた押し入れに入る。ずっと奥のほうを見ると、見たこともない箱がある。全部出してふたを開けた。すると、人形の頭や手がバラバラになっている。

誰かがこわして、押し入れの中に入れたんだ。もしかして、ぼくだろうか。まあいい。今は、それよりも押し入れの奥のほうが気になる。バラバラの人形のことは、あとでかあさんに聞けばいい。

絵の具や人形の箱をとり出してしまうと、別の物が見つかった。たぶんあれは、座ぶとんという物に違いない。いつかかあさんがそう言っていたのを覚えている。

次は押し入れの上の段に足をひっかけて、よじのぼっていく。するとすぐ横に、細い箱があった。触《さわ》ると冷たくて、かたい。これは今までのどれとも違っているので、下に降ろして中身を見ようとした。だけど重たすぎて、持ち上げることができなかった。

横を見ると、座ぶとんよりも大きな物が、たくさんかさねられている。触ってみると、それはどこかで触ったことのある物だ。やわらかくて気持ちがいい。もっと近くによって、両手でしっかり触ってみると、フワリと、その中に吸い込まれるようだ。ひょっとして……。自分の考えが正しいかどうか確かめるために、顔を近づけてよく見た。

色を見て、模様を見て、もう一度両手に感じるやわらかさを確認した。間違いない。これはいつも寝るときに使っている物だ。なぜここにあるんだろう。でも、フワリと顔が吸い込まれるような感触は、まったく違っていて、こちらのほうがずっとやわらかい。

もっとそれを感じようとしたら、すべってバランスをくずして、足でカベをけってしまった。すぐに下から、かあさんが「何をしてるの」と聞いてくる。

かあさんは台所で、晩ごはんの用意をしているのだ。

かあさんが階段をのぼってくる。だから押し入れの戸をゆっくり静かに閉めた。そのとき、すきまから部屋を見たらびっくりした。いつも見ているのと、全然違う。

暗闇の中でじっとしていると、部屋の中で「ゆうすけ、さっきから何をしてるの」と言うかあさんの声がする。すきまから母さんを見ると、部屋のあちこちを探している。

もっと近くで見ようとして、顔を戸のそばまで近づけたら、またバランスをくずして頭を打ってしまった。かあさんは、すぐに押し入れの戸を開《あ》けて、笑いながら「見つけた」と言った。

ひらがなだけではなくて

「おまえの書く字はひらがなばかりやな、名前ぐらい漢字で書けよ」と友だちが言った。どうして名前ぐらい漢字で書かなくてはいけないのかわからなかったけど、悔《くや》しかった。

だから辞書で漢字を探して、自分の名前を漢字で書くにはどうすればいいのか、調べようとした。でも、「つ」で一文字なのか「つぼ」で一文字なのか、それとも「つぼく」で一文字になるのか、使える漢字が多すぎてわからなかった。それで家に帰ってかあさんに教えてもらうことにした。

かあさんはすぐに、ぼくの名前を漢字で書くとどうなるか、目の前で名前をよびながら一文字ずつ書いてくれた。「つぼくらゆうすけ」が漢字になると「坪倉優介」という四文字になるなんて知らなかった。それもたくさんの中から選ばれた四文字だなんて、びっくりする。だから漢字ひとつずつ、どんな意味を持つのか、国語辞典で調べていった。

「坪」は土地に関することに使われる漢字、「倉」は大切なものをしまっておくための場所に使ったりする漢字、「優」は人に対して使われたりする漢字だったりした。漢字ひとつ覚えるだけで、いろいろな勉強になるのが面白い。

それからはノートと国語辞典をカバンに入れて持ち歩くようにした。そしてノートが黒くなるまで練習をした。するとだんだん、人との話の中で使う言葉は、どのような漢字を使うのか気になってきた。

「たのしい」と聞いたらノートに書いておく。そして家に帰ると「楽しい」に変わることを知る。「わらう」もそうだし、「たべる」もそう。「てんき」も「はれ」もそのように覚えた漢字だ。

漢字を覚えることはできたけど、読むのに困ったりすることがあった。とくにカタカナと似ている漢字にはよくだまされた。それは「工」や「二」で、いちばんだまされたのは「カ」だ。「カーショップ」という看板を見たときは、どうしてみんな「ちからーショップ」と言わずに、きちんと読めるのか、とても不思議だった。

動く階段

夜の駅は、乗る人も降りる人もすごく少なくて、朝とはぜんぜん違う。いつもと様子が違ったホームを歩いていると、誰かがぼくを追いこしていく。するとその人は、いつも人が並んでいて、ぼくがふだん使わない、細くてせまい階段で下りていった。あの階段は、いつも時間がなくて急いでいたから、どうしてだろうと思っていた。だけどぼくは、いつも時間がなくて急いでいたから、ひろい階段をかけ登っていた。となりのせまい階段のことは気になっていたけれど、確かめている時間がなかった。

でも今なら、並んでいる人もいない。だから自然と足が動いた。ところが前に立ったとき、足が止まる。どうして階段がかってに動いているのだろう。みんなどうやってこんな物に乗っているのだろう。不思議で仕方なかった。

だから、動く階段の後ろのほうにさがって使い方を見ていた。するとみんなは、動く階段の前まで来ると、一息つくひまもなく足をのせる。たちまち、その人が階段に運ばれて下りていく。その無関心な顔が面白かった。

ぼくもやってみよう。

動く階段の前に立ってリズムをとる。そうしていると、首が階段の動きにあわせて上下してしまう。でも「今だ！」と思って右足を前につき出す。そして階段に飛び乗った。するとどうだ、かってに運ばれていくじゃないか。

あわてて上を見ると、たった今、飛び乗ったはずの場所がはるか上に見える。もう一度下を見なおすと、もうすぐ下に着いてしまう。これはまずいぞ。乗る人は見てたけれど、降りる人は見てなかった。

もうすぐ終点だ。一つまた一つと階段が地面の中にうまっていく。もう先がない。どうしよう。

そのとき、いきなり足がつっかかり、よろめきながらだけど、動く階段からぬけ出すことができた。なんとか助かった。

それにしても、みんなどうしているのだろう。動く階段の脇で見ていると、おばさんが笑いながら下りて来る。おばさんは、階段が地面に消えるその瞬間に、足を一歩前に出して、何事もなかったような顔で階段を下りていく。そしてまたげらげら笑いながら、改札口から出ていった。

ぼくの居場所はどこにある

靴をテーマにして染めるという課題があった。さてどうしようかと思い、まずは大学のそばのデパートへ行って、靴売り場を見た。だけどそこでは、靴が形も崩れず、きれいにならんでいる。だから少し違う感じがした。ぼくが思い浮かべる靴というのは、もっと形も大きさもバラバラで、人をいろいろな場所へ運んでいってくれるものだ。

次に駅で見ることにした。

改札口を抜けたところにある階段にすわり込む。行ったり来たりする人の靴を見ていると、きれいな靴、きたない靴、大きな靴、小さな靴、急いでかけあがる靴もあれば、ゆっくり下りてくる靴もあった。それを見ていて、靴の跡の模様で、いろいろな動きを表現してみようと思いついた。

ひとつ目の作品は、通勤ラッシュのときの駅の階段。

朝は、時間に追われるようにして、急ぎ足で同じ方向にかけていく。でもぼくだけ、そのスピードについていけなかった。いつも人に押され、どちらに進めばいいのかも、わからなくなってしまう。それを靴の跡で表現してみた。ひとつだけ方向が違っているのが、ぼく自身である。

ふたつ目の作品は、満員電車の中にある靴の跡。みんなつり革につかまって、立っている。どの人も横一列にならんで、同じ方を向いている。だけどみんなには個性がある。靴にも個性がある。似合っているのも、そうでないのもあるけれど、みんなそれぞれ、自分らしかった。

だったら、ぼくはどうなのだろう。ぼくにも個性があるのだろうか。よくわからなかった。だからぼくの靴だけ、はっきりとした色に染めることができなかった。

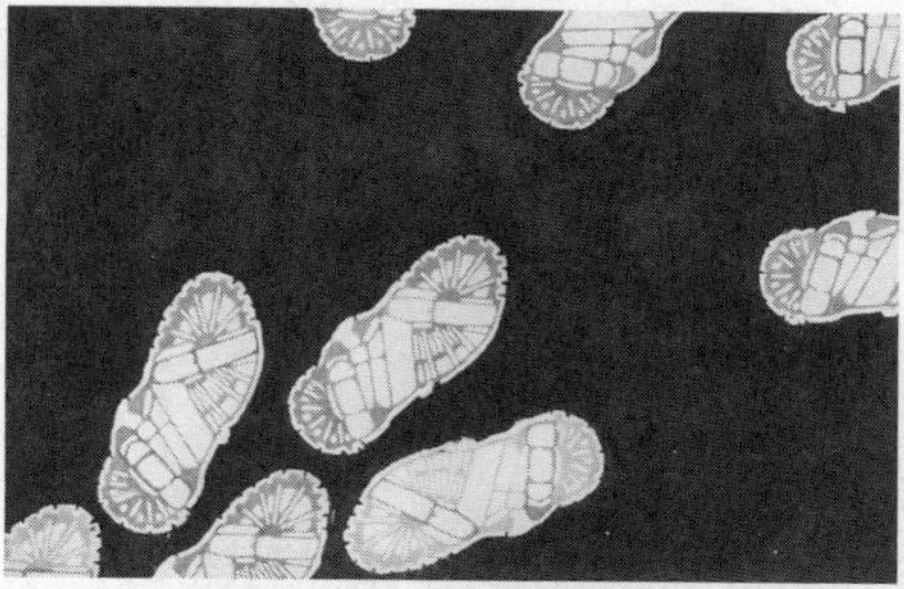

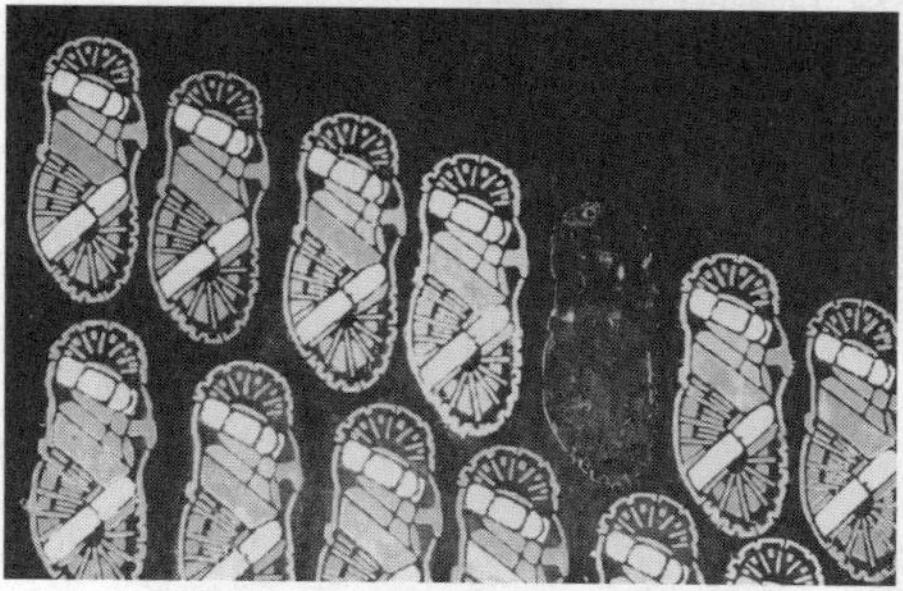

上
作品題名「人の抵抗」
一九九一年
六〇×九〇㎝
染料－渋木

下
作品題名「人の影」
一九九一年
六〇×九〇㎝
染料－ポスターカラー、
渋木

青信号はふしぎな色

ぼくが外を歩くようになってすぐ、また交通事故にあわないようにと、かあさんが信号の渡り方を教えてくれる。青が光っているときは、渡れの意味。黄色になったら危ないから止まりなさい。そして赤のときには絶対に渡らないこと。かあさんがそう言った。

それからというもの、信号が気になって仕方がない。道路のはしっこで、かってに色が変わる信号をずっと見ていることもあった。

だけどふしぎなのは、渡るときに光る「青信号」のことだ。これは青というよりも、どちらかというと緑に近いのではないか。それなのに、どうして青信号と言うのだろう。ぼくの目がおかしいのだろうか。

友だちに相談すると笑われた。だけどすぐにまじめな顔になって、「優介はおかしくないよ。確かに俺も青というよりも緑に見える。それでも、やっぱり青信号って言うんだよ」と言う。

なぜなのか。ずいぶん人間って、おかしな言い方をするもんだ。青い空を絵の具で塗るとき、緑の絵の具は使ったりしないのに。

色の違う鳥

「秋の風物」というテーマで染める課題があった。だから、木枯らしに飛ばされていく落ち葉はどうだろうかと思って、大学の裏にある山に観察しに行った。下を向きながら歩いて茶色くなった葉っぱを見る。すると、本当に冷たい風が吹いてきて、葉っぱを舞い上がらせた。

それが羽をひろげて、飛びたっていく鳥に見えて面白かった。鳥の群れというイメージも、案外いけるかもしれない。

そのとき一枚だけ色が違う葉っぱを見つけた。それがまるで、たくさんの人の中で流されてはみ出していく、今の自分と似ているような気がした。だから染めるときは、集まっている鳥の中で、一羽だけ違う色に染めることにした。

作品題名「人々の狭間」
一九九一年
九〇×九〇cm
染料－反応染料

ふしぎな扉

鉛筆を買いにデパートというところへ行った。広いお店の中で探していると、急に扉が開いて、そこにいた人たちが中に入っていくのが見えた。

何だろうと思って走っていくと、こっちを見ている。何が始まるのだろう。どきどきしていたけれど、扉はただ静かに閉まるだけだった。あれ？

仕方ないから、ほかの場所へ行こうとした瞬間、「チーン」と音がする。振り向くと扉が開いている。みんな待っていてくれたのか。うれしくなって中に入ろうとすると、押し合いながら出てきた。ぼくが中へ入ろうとしても、ぶつかって押し出されてしまう。

やっと中に入ると、そこはせまい箱だった。ぼく一人きり。あわてて外に出ようとしたら、扉がかってに閉まっていく。びっくりしていると、扉のすきまから手が出てきた。そのつぎは足。すると大きな扉がもう一度開く。

外にはたくさんの人がいて、押し合いながら入ってくる。ぼくはどんどん押されて、いちばん奥まで行ってしまった。もう出ることも動くこともできない。じっとしていると、大きな扉はこのあとも、開いたり閉じたりした。そのたびに、みんなも出たり入ったりする。でもいったい、こんなところで何をやっているのだろう。それに、動かないでずっと中にいたら、だんだん気持ちが悪くなってきた。もう外に出なくては。

人が少ないときをねらって、扉が開いた瞬間に、思い切って外へ出てみた。振り向くと、扉は、ゆっくりと静かに閉まっていく。

まわりを見たら驚いた。さっき鉛筆を探していたところの風景とぜんぜん違う。どうしてオモチャを売っているのだろう。

人間にも種類がある

体育館でバレーボールをしていると、となりに違った服を着ている人がいる。同じようにバレーボールをしているけれど、この人たちはどこから来たのだろう。確か、さっき着がえていた部屋にはいなかったはずだ。それに、動き方や話し声だって違うのに、みんなどうして何も言わないのだろう。

授業が終わってトイレに行こうとすると、となりでバレーボールをしていた人が歩いていた。どこから来たのだろうと思っていると、その人は赤いマークのトイレに入っていく。

家だとみんな同じトイレに行くのに、学校だと赤いマークのついたトイレには行ってはいけないと言われていた。だからいつも、青いマークのトイレに入っていたけれど、何かすごい秘密があるような気がしてきた。

教室に戻って、すぐに友だちに、赤いマークのトイレのことを聞いた。すると、そこは女の子が入るためのトイレだと教えてくれる。女の子？　あの人たちは人間ではなくて、女の子というのか。

だけど友だちは「女の子も人間やぞ」と言ってくる。ぼくは「男の人間」なのだそうだ。なんだか複雑だ。

時計の顔

それは長い棒が2、みじかい棒が11を指している。もうひとつ細くて長い棒もあって、コチコチと音を立てて動いている。その細い棒が4のところに来たとき、ヒゲがのびている猫の顔のように見えておかしかった。

かあさんが台所の壁の上の方を指して、あれが時計だと言う。ぼくの部屋にも大きさは違うけど、同じような形をしたものがあった。

時間を覚えるのは、時計の顔で覚えた方が、わかりやすいのではないか。夜ごはんを食べるのは、みじかい棒が8で、長い棒が4を指すとき。だから時計の顔にヒゲがはえたら、ごはんを食べることにした。

大学の授業が終わるのは、みじかい棒が6、長い棒が12のときだった。出席カードに名前を書いてから教室を出ると、きれいな夕陽が見えた。

まわりが田んぼで、遠くに山なみがあって、校舎が赤く染まっている。授業をぜんぶ終えると、こんなよいものが見られるのか。時計を見ると、さっき12だった長い棒の方が2のところまで動いている。時計も「起立、礼」をしているみたいだった。

覚えるのがいちばんむずかしいのは、家に帰る時間だ。何時までに帰ればいいのかわからなくて、よくかあさんを心配させた。だからかあさんと約束して、夜の十時までに帰ることにした。

でもその日、制作に時間がかかって、遅れそうになった。まずい、急がなくちゃ。約束の時間に間に合わない。時計を見ると、十時になろうとしている。早く、急がなくちゃ。時計を見ると、短い棒が10、長い棒が2を指している。しまった、もう十時をすぎている。時計の顔も怒っている。

万華鏡のような記憶

友だちは久しぶりに会ったから、うれしそうに早口で話しかけてくる。ぼくは笑いながら聞く。けれど頭の中では、友だちの顔や名前を探している。

頭の中にある万華鏡をゆっくりと動かし始める。いろいろな色をした、いろいろな形の記憶。もっと動かして、目の前の友だちの模様が出てくるまで、頭を回す。

とうさんやかあさん、妹や弟は、毎日会っているから、その模様がいっぱいある。だから瞬間的に出てくる。でもずっと会っていない友だちは、むずかしい。

早く出ろ。「優介はたいへんな事故にあったらしいけど、俺のことは覚えているか」と聞いてくる。ぼくは適当に笑ったり、うなずいてるだけ。頭を回す。友だちはたくさん、いろいろな話をしてくる。笑っているのもだんだん辛《つら》くなってきた。

「いっしょにザリガニをとりに行ったなあ」ザリガニという絵を思い浮かべながら、万華鏡を回す。回す、回す、回す。

いろいろな顔、いろいろな名前、全然違う顔と名前。でも少し、わかる予感がしてきた。ぼくが、ところでどこに行ったかなあと聞くと、友だちは大笑いして「やっぱり記憶をなくしたか」と言う。

「うら山にあった池だろう」うら山。池。ザリガニをとる人。それらの絵といっしょに、また万華鏡を回す。回せ、回せ、回せ。

だんだんと、友だちの昔の顔が浮かんでくる。もう少し……。でも名前はまだ全然わからない。友だちは、ぼくの頭の中でそんなことが起こっているなんて知らないから、楽しそうに話している。

「俺がザリガニを捕まえたとき、優介に押されて池にはまったんだけどな」

この瞬間、わかった。友だちが池にはまった顔もはっきり映っているし、絵も動いている。そして頭の中のぼくが、友だちの名前を呼んでいる。

ドラえもんのタイムマシンに乗って

過去の出来事は、ときどき思い出せることがある。でもそれは、どこか他人《ひと》ごとのようだ。

事故前の記憶を突然思い出して話すとき、誰かにしゃべらされているような気になるときがある。なんで今の自分はこんなことを話しているのだろうと思うこともある。話し終わった後、話したことを忘れていることもある。それはすごく不思議な感覚だ。

ピントが合っていない遠い目をしながら話しているのは、自分の頭の中を見ているからだ。本当なら、目の前の景色を見なくてはいけないのに、昔の景色を見ている。

テレビで、ドラえもんとのび太がタイムマシンに乗っているのを見たとき、ぼくが記憶を思い出すときの感じと似ていると思った。

母の記憶　4

紫根染《しこん》めの自由研究で、優介は初めて自動車で新潟から北海道までひとり旅をすることになりました。それこそお金を一度に持たせるわけにいきませんから、郵便貯金にしてカードを持たせて、とにかく郵便局を見つけなさいと言って見送りました。とりあえずのお金として十万円ぐらい持たせたと思います。

そうしたらいきなり一晩目から電話がかかってきて、「かあさん、真っ暗で動けない」と言うのです。田んぼの中にある公衆電話からかけてきたらしいのですが、田舎だから前が見えないほど真っ暗らしいのです。私は「とにかくそこを動かないように、朝までじっとしてなさい」というようなことを必死で言ったような気がします。

結局、旅館やホテルは怖いからと、旅行中はずっと車の中で寝泊まりしていました。北海道ではお友達の実家に二泊させてもらって、「かあさん、イクラが美味《おい》しいんだよ」なんて、図々しい電話をかけてきました。

その頃には地図も読めて、まあなんとか普段の生活だったら大きな問題もない状態でした。なんとか人に聞きながら、それなりに生活ができるようになったのではないかと思います。わたしの中でも、今までと比べて格段の進歩だという思いがありました。

優介が、それなりにわかってきたことのひとつがお友達との関係です。ヘンな言葉ですが、相手の顔色をきちんと見られるようになったのです。会話をしていても、くどくなって、そのうちみんなを怒らせてしまう。結果として自分も滅入《めい》る、そのあたりのことが、わかるようになったのです。

それを避けるためには相手の顔色を見て、これ以上言ったらだめなのだ、というところをつかんでいったのだと思います。

優介についていえば、自己を抑制することが自我の芽生えだったと思います。それが仲間から疎外《そがい》されない生活の知恵みたいなものだったのでしょう。

相手に合わせるとか、合わせないとかではなくて、もっと淡々とした関係を築いていったような気がします。

相手の言葉もよく理解するようになりました。最初は先生の言葉が、自分なりの理解の仕方で一パーセントしか聞けなかった。それがだんだん五パーセント、十パーセントと広がっていったのだと思います。

絵を描くことから、もっと専門的な染めの世界が広がったのもこの頃です。いろいろな染色ができるようになってきました。

　ろうけつ染めを自宅の部屋でやられると、ロウの匂いが家全体にこもってしまい、たまりませんでした。でも、やはり嬉しかったです。「外でやってちょうだい」と頼んだら、「太陽の熱でロウが溶けて、滲《にじ》みが出て失敗した」と後で叱られました。

　藍《あい》染めの「鶴」という作品があります。それが私から見て最初の「やったな」と思える作品です。それまでも、茄子《なす》やら、手の痛みをこらえながら描いたほおずきやら、いくつも見てましたけれど、私が知っている優介らしさが出ていません。だから「鶴」の絵や染めは、私を喜ばせました。

　その作品は鶴が何羽か飛んでいて、中央の大きな一羽がハネで半円を描き数羽の鶴がそれを囲んでいます。これはあとになって聞いたことですが、ハネが作った半円の白い空洞の部分は優介の頭の中なのだそうです。「これがぼくの記憶の部分で、みんなに仲良くしてほしいから鶴がつながっているんだ」と言ってました。単にそういう絵柄なのだと思っていたので、優介はいつも心か頭に空洞を意識しているのだとわかりました。

　でも優介にしてみれば、これだけ作ったから納得できるということではないようです。それがあの子の厚かましいところだと思うんですが、これで良しと思って作品が完成しても、あとになって人のものと比べたときに反省するらしいのです。他人があれだけできるのであれば、自分ももっとがんばろうと、そういう気持ちがあるみたいです。

「マーブル染めの着物」を五着くらい染めたことがあります。優介が染めて、私とおばあちゃんとおばさんとで裏地のない着物を縫いました。

着物は、女子学生の方が卒業式に着てくださいました。裏もつけてないし素人《しろうと》が着物の形にしたものだからと言ってお断りしたのですが、それでもと言ってみなさんが着てくださったのです。

「申し込みが殺到したから抽選にしたんだ」などと、優介は大きな口をたたいてました。たぶん、自分が作るものを、人が必要としてくれていると思った最初の経験だったと思います。好んで着てくださる方がいたということですね。

だいぶ普通の生活ができるようになって、私も落ち着いたせいでしょうか、もっと早く回復できる方法があったのではないかと思いました。ずいぶん勝手な話ですが、大学へいきなり戻したことはよかったのかな、と時々考えます。

やはり、あまりにも環境が違いすぎています。お医者さんがおっしゃっていた、優介の生まれ育った環境というのは、小学、中学、高校ぐらいのことではないでしょうか。大学は入学したてで二カ月ぐらいしか通ってないところです。そこに優介を行かせたのは、ちょっと酷だったかなと思います。

ただひとつ、といえば、絵です。

もちろん大学で勉強しなくても、家で描いていてもよかったかもしれません。でも、ともかく優介が「かあさん、ぼくには絵があってよかった」と言ってくれたときは、嬉しかったです。絵という自己表現がある。その流れの中で自分が見えてきて、仕事とすることができたのですね。

記憶がないということは、他人にはとても理解しづらいです。もしかしたら怠け病のように見えてしまうこともあります。そういう状況の中で「事故しましたから、これまでできていたことができなくなりました」と言うのが、いちばん逃げやすい理由です。

そういう中で、私自身、いらだち、悲しみ、そして反省の繰り返しでした。「記憶がないなら今日から始めましょう」と言ったり、そうじゃない、やっぱり淡々と過去を積み上げていかなくてはいけないのだと思ったりしました。優介に対しても厳しくなったり、優しくなったりの繰り返しです。

あるとき、「大学へ遅れそうなのでスクーターで行きたい」と言い出しました。確かに電車を乗り継ぐと大学まで片道二時間半かかります。スクーターだと一時間半ぐらいで行けるそうです。

主人が許可を出しました。主人はあの子を自動車教習所に放り込んだような人ですから、いつかはこういうときがやってくるのだと思っていたのではないでしょうか。

でも、私はもう、気が気ではありませんでした。スクーターに乗ることによって事故の恐怖がよみがえったり、また新たに事故を起こすのではないかと想像すると、それはもう心配で心配で、仕方ありません。

「本当に行けるの?」と聞くと、「外環を真っすぐだから大丈夫。とにかくずっと真っすぐなんだ」と言います。なぜかそのときは、立場が逆転してるような感じでした。

スクーターのつぎは、ひとり暮らしです。

大学までは電車で往復五時間もかかるのです。通いだして三年目ぐらいのとき、「時間がもったいないからひとり暮らしをしたい」と言ってきました。私としては、もうここまできたら、好きなようにやらせてあげるしかありません。

でもそのときの優介は、物が腐るとどうなるかを知りませんでした。だから平気で腐ったものを食べてしまうのです。

自分でお湯を沸かしたりすることはできるようになっていました。後片付けもできます。簡単なことなら何でもできますが、料理をするという、いろいろなことの連続作業はできませんでした。

だから自炊生活といっても、コンビニ弁当でも買ってきて食べるだろうぐらいのことを考えてました。そうすれば、家事といっても、洗濯ぐらいではないですか。でも、あの子は几帳面なところがあったから、自分でこまごましたこともやるのではないかという期待もありました。ひとり暮らしさせる不安よりも、通学時の事故のほうが心配でしたから、大学の近くでひとり暮らしをさせる方がいいのではと思ったのです。

でも私が、そのマンションへ行ったのは、一度だけです。部屋がきれいに片付いていて安心しました。

あとはたまに電話して、「元気でいる」と確認するぐらいです。優介も炊飯器の使い方とか、洗濯の方法とかを電話で聞いてくるくらいでした。生活に必要なことは聞いてきても、弱音は吐かなかったように思います。

もちろん全然心配しなかったわけではありません。アパートで一体何をやってるのだろう、インクを飲んでないだろうかとか、ぜんざいとみそ汁を混ぜて飲んでないだろうかとか、そういうおかしなことが気になってました。なんでもありの優介ワールドですから。

第五章　あの事故のことはもう口に出さない

’92.4〜’94.3

寝坊をしてしまった。間違いなく遅刻だ。今日は絶対に出席しないといけない授業があるんだ。欠席したら絶対に進級できない。留年したときの、ひとりぼっちになったさびしさが、よみがえってくる。もう、あのような気持ちにはなりたくはない。どうしよう。

ガレージの片隅に、スクーターがおいてあるじゃないか。でも、やっぱり無茶だ。今までたくさんの人に、バイクに乗るのは危険だからやめたほうがいい、また交通事故にあったらどうするのと言われてきた。

だけど今は、そんなことを言っている場合じゃない。

かあさんに頼むと、少しあきれた顔をした。遅れてもいいから電車で行くのはだめなのか、と聞いてくる。でも、とうさんの会社に電話して聞いてみなさいと言った。

受話器を握る手に力が入る。勇気を出さないと。受話器の向こうにとうさんが出てきた。事情をゆっくり話すと、とうさんは「どうすればよいのか、優介自身でよく考えて行動しなさい。ただしわかっているな、もう二度とかあさんを泣かせるようなことはするなよ」と言った。

電話を切ってもう一度考える。やっぱりいけないことだ。でも、友だちと違う学年になるのはどうしても嫌だ。

「ごめんなさい」とかあさんに言ってスクーターにまたがった。ヘルメットをかぶり、ベルトもしっかりしめて、エンジンをかけた。

パラッパラッパラッと軽い音を出し、スクーターを走らせる。ミラーには、じっと立って見送るかあさんの姿がずっと映っている。もうあとには戻れない。すべて、自分で決めたこと。

あごをひいて、アクセルをもっと回す。スクーターは白い煙を噴き出して、スピードを上げて走る。空気がぼくの体を吹き飛ばすように当たってくる。道を歩く人も、横を走る自転車も追いぬいていく。

体が震えてくる。大きな道に出ると、大きな車が、大きな音を出して走っている。その中を走るスクーターなんて小さくてすごく弱そう。

トラックがすぐ横にすり寄るように走ってくる。当たりそうになって、こわくてブレーキを握る。事故なんて、もう二度としたくない。かあさんの泣き顔が頭の中に浮かんだ。とうさんの怒った顔が浮かんでくる。心配そうな妹や弟の顔、おばあちゃんの顔までいろいろな顔が頭いっぱいに浮かぶ。もっと気をつけろ。でも、ブレーキを放してアクセルを回せ。

赤信号で止まると、車と車の間を抜けて前に出た。背中に車の気配を感じながら青信号を待つ。待ち時間は長くて、いつまでたっても青にならない。その間、事故のこと、真夜中に家出したこと、大学でひとりぼっちだったこと、いろいろなことを考えた。

でも今は、とにかく早く大学へ行くことだけを考えよう。そのためには速く走らせないといけない。だけど、もしこんなところでこけてしまったら、ぺっちゃんこになるだろうなあ。そんなことを考えていると、後《うし》ろからたくさんの車が叫ぶようなエンジン音を立てて、まわりが見えなくなるほどの煙を出していた。

青信号になったのだ。

早く走れと言わんばかりにぼくを追い立てる。あわててアクセルを回す。体が後ろにのけぞるほどの勢いで走り出す。工場や建物に囲まれて、排気ガスがすごい道を、スクーターは走り抜けていく。

スクーターでの大冒険（後編）

大きなトラックが、ぼくのまわりを走っている。目の前にも、右にも左にも、そしてま後《うし》ろにも、すごい音を出しながら走っている。黒い煙を出して、大きなタイヤを回しながら走っている。

まわりに何があるのか見ることができない、それでもまっ直《す》ぐ進んでいくと、一台二台とトラックが減りはじめた。

遠くのほうに山が見えてきた。スクーターを走らせていくと、トラックはすべていなくなって、普通の自動車ばかりになった。ぼくもまわりを見渡せる。小さな家がてんてんと建っていて、その後ろには大きな山なみがある。

やがて大きな川が出てきた。

大きな橋を渡って左に曲がると、緑がひろがる土手に出る。その脇にある道路を進んだ。ここまでくると、ぼくの前を走る車はいなくなる。河原の土手には菜の花が咲いていて、小さくてかわいい紋白蝶が飛んでいる。そういえば、それを初めて見たとき、電車を降りて追っかけたことがあったなあ。けれどあのとき見た蝶は、人から一生懸命逃げるように飛んでいた気がする。

一本道を進む。大学が見えてきた。たくさんの田んぼのずっと向こうに校舎が建っているのが見える。近づいていくと、だんだん校舎が大きくなる。ぼくが勉強している大学は、こんな大きなところだったのか。

もうすぐだ。もう少しで着ける。最後の曲がり道を抜けると、そこにはバスから降りてくる学生たちが大勢歩いて坂を登っていく。その人たちを横目で見ながら、スクーターを走らせ大学の中へ入っていく。

ああ、よかった。無事に着けた。

そのまま教室に向かって走り、息を切らせて駆け込むと、友だちが元気よく「おはよう、優介」と言ってくれた。やった。この達成感はなんとも言えない。

ひとりぼっちは嫌だから

コンパが始まる。「かんぱーい！」とみんな元気に笑う。苦くて白い泡があるビールを飲む。みんなは「うわーおいしー」と騒いでいるけれど、ぼくはあまり好きではない。でも、みんながそうしているから同じことをするだけだ。あいたコップにどんどんビールを入れる。「アハハハハハ、坪倉くん、飲んで飲んでえ」と言ってくる。がまんして飲み込む。コップをからにして、ついでもらう。みんな、だんだん大きな声で叫んだり、暴れたりする人が出てくる。

いつも思うのだけど、どうしてこれを飲むと、あんなふうになるのだろう。ふだん真面目に勉強してる人とか、むずかしい話をしている人が、ヘンになっていく。おとなしい女の子も、勉強ができる女の子も、大きな声で笑ったりする。あの苦いビールをゴクゴク、それもすごく速く飲む。だからぼくも飲む。

誰かが「イエーイ！」と叫んで、大学の噴水がある池に飛び込んでいった。すごいことになってきた。みんな二階の教室から、顔を出して見て騒いでいる。次から次へと、ジャボーン、ジャボーンと飛び込んでいく。

気づくと、ひとりになりかけているので、これはいけないと思った。それでぼくも、あわてて池に飛び込みにいく。

池の水は思ったほど冷たくはなかった。でも服のままこんなになってしまって、帰るとき、どうするのだろう。みんなは池の中で、クロールしたり、犬かきしたりして、大声で笑っている。

ぼくだけみんなから離れたところで、ぽかんと浮いている。これからどうしたらいいのだろう。

パチンコ屋に行く

わからないことをわかるまで聞くと、みんな最後には面倒くさがって、納得することを言ってくれない。ぼくにとっては仕方がないことだけど、友だちが減った。だから、友だちに聞くことはやめて、自分の力で調べていこうと決めた。人に聞かなくても、自分の力でなんとかできるようになってみせよう。

友だちがパチンコ屋の話をしていたときも、それが何なのか、よくわからなかった。でも、黙って聞いた。その言葉を忘れないようにして、家に帰って、辞書で「パチンコ」の意味を調べた。だけど、その意味がいまいちわからない。穴やクギやバネが一体どうしたというのだ。仕方なく、家族に教えてもらうけど、それでもなかなか理解できない。ただパチンコ屋がどこにあるのかだけはわかった。

次の日、教えてもらった場所に行った。中に入ると、耳が痛くなるほど大きな音が鳴っていた。まわりを見るとたくさんの人がいて、みんな色のついたカベに手を当てて静かにすわっている。ぼくもマネしてすわってみたが、よくわからなかった。

涙が出てくる味

一日のすべての授業が終わり、友だちと歩きながら話していると、「腹が減ったから学食に行こう」と言った。もうすぐ閉まってしまうから、学食まで走っていった。急いで入っていくと、昼間は席の取り合いになる食堂が、この時間だと数人しかすわっていなかった。

食堂のおばちゃんに「おかず何か残ってる」と友だちが聞いた。すると、おでんしかないと言う。だからみんなでおでんの前に並び、ひとりひとり食べたいおでんを注文した。大根、たまご、すじ肉、ちくわ、こんにゃく。

席について、食べようとしたら、ぼくの皿にだけ、黄色いかたまりがのっていなかった。みんなはそれを、おでんにつけて食べている。その食べものはいったい何だろう。友だちに聞いてみると、からしだという。みんなそれぞれに、味のことを説明してくれた。どうやらそれが、からいものだということがわかってきた。

ぼくはわさびの味を知っている。そう言うと、友だちの一人が、とにかく食べてみろと言って、黄色いかたまりを皿の上にたっぷりのせた。いよいよ初挑戦だ。

皿に顔を近づけて、においをかいだ。すると、鼻の奥まで突き刺さるような痛みが走る。食べたときには、もっとひどいことになるのではないか。心配していると、みんなが笑った。でもぼくは笑えない。こっちは真剣なんだ。

すると横にいた友だちが、はしにからしをつけて、おでんの中にある大根の上にのせた。そんな顔してないで、とりあえず食べてみろよと言う。

口の中に入れる。大根のおいしい味が口の中に広がる。だけど、からしがおでんと混ざったとき、すごい味が口の中全体に広がった。涙が出てくる。この激しい味は何だ。友だちに聞くと「それが、からいという味だ」と教えてくれた。

「からい」と涙を浮かべた顔で言い返すと、みんなは顔を見合わせて、楽しそうに笑い出した。この味はあまり好きになれない。だけど、笑っているみんなの顔を見られるのは、いいものだ。

一人暮らし

下宿させてくださいと、両親に頼むと、とうさんやかあさんだけでなく、妹や弟も驚いたようで、目と目を見合わせてずっと黙っている。

そりゃ、そうだ。何年か前までは、自分が誰かもわからなくて、これは何、あれは何と聞きまくり、嫌なことがあると真夜中に家出して、みんなを困らせていたのだから。それはぼくもわかっている。だけど、どうしてもトライしてみたい。そうなれば、土曜日の一限の授業にもきちんと出席できる。

しばらくすると、とうさんが首を大きく動かして、「やれるところまでやってみろ」と言ってくれた。一人暮らしをしたことのないぼくには、どんな生活になるのかわからなかったけれど、そのことを考えると楽しくなった。

アパートも決まって、引っ越しの前日。とうさんがどこからか、大きな車を持ってきた。そこに、ふとんや机、本棚、そしてスタンドライトを積んだ。

夜。いつもより少し広くなった部屋で寝ていると、これから始まる生活のことが楽しみになってきた。

次の日、車が下宿に着くと、とうさんも「いい部屋だな」と言ってくれた。二人で荷物を運び込んで、夕方になると、とうさんは帰っていった。誰の声も聞こえない静かな部屋だ。窓から外を見た。

ふたたび夜がやってくる。まだ小さな明かりがひとつしかないアパートは、まっ暗になる。だけどそんなことは全然嫌じゃない。電気がいっぱい光っている外を歩いてみよう。

どこを見ても面白い。昼にしか買い物をしたことがなかったスーパーも、全然違ったふうに見える。そうだ、誰もいない夜の大学も歩いてみよう。

ごはんを炊《た》いてみる

アパートには、インスタントラーメン、レトルトカレー、そしてお米しかないので、カレーライスを食べることにした。

レトルトカレーは箱のうらにある作り方を見る。お湯をわかしてカレーの袋を入れて温める。これは簡単だ。でも問題はごはん。かあさんはどうやって作っていただろう。

確かお米を洗って、お湯を入れて、それで機械に入れていたはずだ。とうさんが、それと似ている小さい機械をくれたから、それを使って作ってみよう。

ごはんを作る機械の中にある鍋をとり出し、その中に茶わんでちょうど一杯ぶんのお米を入れて、お湯を注《そそ》いだ。するとどうだ、まっ白になっている。だから、鍋をゆっくりかたむけて、この白くなったお湯を流し台に捨てた。そして、もう一度最初から、鍋の中にお湯を注いだ。

でも注いだお湯は、どうしても、すぐ白くなる。そう言えば、かあさんは、鍋をかき回していたな。そのことを思い出して鍋の中に手を入れた瞬間、ものすごく熱い！

どうしてかあさんは、平気な顔をしてかき回していたんだろう。

仕方なくぼくは、はしを使ってかき回すことにした。すると、回せば回すほど、お湯は白くなっていく。お米を洗っているはずなのに、鍋の中は牛乳を温めたみたいになってしまう。仕方ないので、またお湯を捨てて最初からやり直した。

それを何度もくり返す。十五回ぐらいやっても、お湯はまだ白い。それよりもお腹がすいてきて、もうお湯の色なんてどうでもよくなった。だから白いお湯とお米の入った鍋を機械に入れて、スイッチを入れた。

お米を洗うのだけで、一時間くらい使ってしまったかもしれない。テレビを見ながら待つ。しばらくすると、カチンという音がした。機械のフタを開けて中をのぞいてみると、おいしそうなごはんができている。

ごはんをしゃもじですくい取ると、ものすごくやわらかい。それを大きなドンブリに入れて、冷たくなってしまったカレーをかけて食べた。あまりおいしくなかった。

青い空色のごはん

どうして青い色をしたごはんは、ないのだろう。あずきを使えば赤いごはんができるし、フライパンでドライカレーなんか作ったら、黄色いごはんにもなる。赤や黄色があるなら、青いごはんもあるのではないか。よく晴れて気持ちいい日の、青い空色をしたごはんが食べてみたい。

かあさんに電話して聞いてみたけれど、青いごはんはないと言う。そうか……。あきらめようとしたら、鍋が入っている棚の奥に、かき氷にかけるシロップがあった。ビンのラベルには「ブルーハワイ」と書いてある。もしかしたら、これでいけるかもしれない。

お米を洗って、メモリの少し下のところまで水を入れた。次に少し足りない水の代わりにブルーハワイのシロップを入れてみる。水はうすい青に染まっていく。それで炊飯器《すいはんき》のスイッチをオンにする。

おかずは何にしよう。青いごはんにカレーをかけるのも嫌だし、今日のこの気分はインスタントラーメンでもない。冷蔵庫をあけると、好物のさしみがあった。そうださしみにしよう。

ご飯が炊《た》けるまでテレビを見ていると、スイッチがオフになる「カチッ」という音がした。飛び起きて白いテーブルをひろげて、冷蔵庫からさしみを出して、小皿にうつす。お椀にはインスタントのみそ汁を入れて、はしとお茶の入ったコップをテーブルの上に置く。

次にしゃもじを取り出して、いよいよ青いごはんだ。

炊飯器の前に立ち、ゆっくりとふたを開いた。そしたら、入道雲みたいなゆげが「ぶわっ」と出てきた。その奥に青いごはんが見える。大きな入道雲の間から見える海のようだ。しゃもじですくってみると、地球にスコップを入れるような感じがしてどきどきした。

ヌード写真を見せられる

友だちのアパートにいると、いきなり「女のはだかを見たことがあるんか」と聞いてきた。さっぱりわからないから、首を横にふる。すると友だちは、「本当に知らないんか。信じられれん。もし見たんやったら、ムラムラしたとかドキドキしたとか教えてくれよ」と聞いてくる。ぼくが黙っていると、友だちは立ち上がってとなりの部屋に行ってしまった。

本当は興味があった。ムラムラやドキドキがどんなものか、女のはだかって何だか教えてほしかった。だけど、それを知らないことがバレて、事故のせいにされたりするのが嫌だから黙っていた。

しばらくすると、友だちが戻ってきて、目の前にバサッと何かを置いた。それは見たことのない女の人たちが笑っている写真だった。その女の人の胸は、ものすごく大きくふくらんでいる。しかも横になって寝ているけれど、むずかしい寝かたになっている。そのすべては今までに見たことがないものだった。

これは何だと友だちに聞くと、「それがおっぱいだ」と教えてくれる。友だちは「どうだ、びっくりやろ」「見ただけで胸がドキドキしないか」と聞いてくる。

おっぱいを、もう一度よく見ると、それはぼくにはないもので、とても大きく、まるく、やわらかく見えた。でも、このおっぱいは、いくらなんでも大きすぎないか。

そんなぼくを見ていた友だちが、顔を見合わせて「形がどうとかじゃなくて、男の目から見てドキドキとかムラムラとかせえへんか」と聞いてくる。

だけど、あまりムラムラもドキドキもなかった。友だちはつまらなそうに、「エロ本と美術館の本との区別もつかへんのとちゃうか」と言った。

赤い危険な食べ物

織《お》り機《き》の研究をしている教授がタイに行くというので、ぼくも連れていってもらうことになった。教授と学生、約十名での旅行だった。そして、これが初めての海外旅行だ。

タイに着いて二日目。みんなとレストランに入ってお昼ご飯を食べる。店の人たちがうれしそうな顔でたくさんの皿を持ってきてくれる。見たことがないものばかりだ。それに、ほとんどが赤い色をしている。

みんなはおいしそうに食べているけれど、いやな予感がするので、ぼくだけ赤い色をしているやつは、食べないようにしていた。でもすぐに、友だちに見つかってしまった。「坪倉さん、他のおかずもおいしいですよ」と言っている。親切なことに、おかずを皿にのせてくれた。それはいちばん赤くて、食べるのがもっともこわいおかずだった。

どうしても食べないといけないのかなあ。

友だちを見ると、うれしそうな顔をしてすすめている。色だけで決めてはいけない。みんなもおいしそうに食べているじゃないか。そう思って、赤い色をしたおかずを口の中に入れてみた。舌が激しく痛い。口の中からおかずを出してしまいそうだ。

そうしないように両手で口をしっかりとふさぐ。でも、両目も大きく開いてくるし、鼻から息が、何度もたくさん出てくる。

立ち上がると、みんながこっちを見るのでまたすわる。友だちが、「からいんですか」と聞いてくる。からい？　頭の中で考える。わさびや、からしのからさとも全然違う味だ。こんな味があるのか。

食べ物も信号と同じだと思う。わさびの緑は安心。からしの黄色いは要注意。赤い色した食べ物はすごく危険。

おうちと言うな！

授業が終わった。ざわざわと、みんな席を立つ。

そのまま教室の中で、にぎやかに、明日の休日に何をするかの話をしていると、先生も加わってきた。一緒にタイに研究旅行に行った女の先生で、名前を井関先生という。

井関先生はひとりずつに明日の予定を聞いてくる。先生はときどき、男のような口のききかたをするときがある。

「きみは明日何をする」

「一日ゴロゴロしています」

「きみは」

「バイトです」そんな話をしていると、笑いもあって楽しい。

ぼくの番になった。

ぼくは「実家に帰ります」と答えた。なごやかでいい雰囲気だ。

すると先生は実家で何をするのか聞いてきたので、ぼくは、「おうちの建てかえです」と答える。すると先生の顔つきが、その瞬間に変わった。そしてすごく低い声で「おうち?」と聞き直してくる。眉間《みけん》にしわをよせ、横目でギラッとこっちを見ている。

何かいけないことを言ったのだろうか。どきどきしていると、先生は突然、「おうちじゃない、いいえと言え!」と怒って出ていってしまった。

友だちは苦笑いをしている。何があったのか、よくわからない。だから、どうしたんだろうと聞くと、「まあ、二十歳《はたち》にもなって、おうちじゃなあ」と友だちは小声で言った。なぜ「おうち」ではなくて、「いえ」と言わなくてはいけないのだろうか。

不思議なカバン

「スキーに行こう」と誘われた。スキーって何だ。友だちは着がえだけもってくれば大丈夫だからと言っている。不安な気持ちもあるけれど、みんなが集まって行くところに、一緒に行けるのがうれしかった。だから、すぐに「行く行く」と答えた。

当日、着がえだけを詰めたバッグをかついで、待ち合わせの場所に行く。すると友だちが、見たこともない大きなカバンを、ゴロゴロひっぱりながらやって来た。何なんだ、あれは。

それによく見れば、細くて長いカバンも持っている。急に、いつも感じている、ひとりぼっちになる不安を感じた。持っているものは何かと聞こうと思ったけれど、やっぱりやめた。

でも駅に着いたら、みんながゴロゴロひっぱるやつを持ってきているではないか。誘ってくれたときは、「自分だってぜんぜんすべれないし」とか言っていた。女の子も「今年初めて行くしー」とか言っていた。それなのに、この格好は何だ。みんな、わかっていないフリをしていただけじゃないのか。

夜行列車に乗ったら、暗い気持ちになった。ほとんどの人が、ゴロゴロひっぱるやつを持っているではないか。ぼくはこんな格好で、本当にスキーなんて、できるのだろうか。

列車の中では、みんなおかしを食べたり、話をしたり楽しそうだ。でも、そういう気持ちには、とうていなれない。ゴトゴトという列車が進む音だけを聞いていた。

窓から見える景色はまっ暗で、何も見えなかった。

はじめてのスキー

ペンションの朝ごはんを食べ終えると、すぐにみんな「さあすべるでー」と言い出した。今から何をするのかと見ていると、あのゴロゴロひっぱるやつの中から、見たこともない色鮮やかな服をとり出している。

みんなうれしそうに話しながら着ていく。ぼくも友だちに貸してもらったまっ黒い服を着た。

今からこの人たち、何をするのだろう。すると今度は、シャーシャーという音を立てながら、細長いカバンを開けていく。中から出てきたのは、見たことがある物だった。確かあれは、スキーに行く前に、友だちが連れていってくれた店で見たやつだ。そうか、あれはこういうときに使うのか。

すると今度、みんなは「ワックスいいな、貸して」とか言いながら、その板に何か塗っていく。ぼくは笑顔を作っているけれど、本当は楽しくない。これは一体、どういうことなのだ。

きっと、みんながスキーをしている間、ぼくはどこかの喫茶店で待っていなくてはいけないのだろう。楽しそうなみんなに、いろいろ質問したかったけれど、また気をつかわせるのが嫌だったから、やめた。

ガラスの持つはかなさと、ステンドグラスのような色合いを、染めで表現してみようと思った。制作に限らず、このころのぼくは、何をやってもうまくいかなかった。知らないことを聞くと嫌がられ、何か言ったりすると笑われたり、怒られたりした。うち砕《くだ》かれてバラバラになったガラスのような気持ちを、割れたガラスを組み合わせて作るステンドグラスの技法で、ひとつの形にしてみたかった。はかなさの象徴として、髪の毛が長くて華奢《きやしや》な体型の女性をデザインした。その女性を中央に足を交差させながらすわらせる。髪の毛は、風に吹かれ、上になびいている。そして背景は、ステンドグラスのような模様と色合いで、染めあげようとした。

でも、できあがった作品は、先生や友だちに、あまり評判がよくなかった。それは自分でもうすうす感じていたことだった。「お前の発想は面白いのに、どうしてそれを作品として表現できないんだろう」その通りなのだけれど、実際に言われてみると、やはりショックだった。

頭の中のイメージを、どうすれば具体化できるのか、その方法がわからなかった。でもへこたれるものか。

この失敗作には、辞書でみつけた言葉、「コギト・エルゴ・スム（我考える、ゆえに我在り）」という名前をつけた。

進学を決意する

就職活動の季節になった。友だちはみんな、普段めったに見ないスーツを着て、学食で話している。どこの会社がどうだとか、先輩がどうだとか、給料がどうだとか、いろいろなことを言っている。

みんなの話を聞いていても、自分がどういう会社で、どういうことをしたいのかというような興味を持てなかった。ぼくには、まだまだ知らないことが多かった。それに社会というものが、どういうものなのか想像しきれない。仕事とか、人生とかを考えるよりは、まだ自分の思い浮かべる作品を作っていたかった。

家に帰って、両親と相談した。事故をしてから、ここまで話せるようになって、いろいろなことを覚えた。今までは卒業するために大学へ行っていた気持ちもあったけれど、今は自分の作りたいと思うものを納得するまで作りたい。だから、専攻科に進学させてほしいと頼んだ。

かあさんは「優介が好きなことをやるのが、いちばんいいと思う」と賛成してくれたけれど、「それは仕事をしながら、できることとは違うの」と質問する。それは考えてみたけれど、ぼくはそんなに器用ではない。

ずっと黙って聞いてくれていたとうさんが、話し出す。とうさんは、「人とくらべて長く大学に行くことになるけれど、その選択がいつか間違っていたのだと後悔しないような自信があるのなら行け」と言ってくれた。

その言葉を聞いて、ちょっと決心がゆらいだ。だけど、一晩じっくり納得するまで考えて、勇気を出して専攻科に進むことを決めた。

自分に同情するな

専攻科に進学するために面接試験を受ける。ノックして失礼しますと言って中に入る。もう一度頭を下げて「よろしくお願いします」と言う。なんだか、めちゃくちゃ緊張している。こういう場面は、あまり得意ではない。

前には先生が三人すわっていて、井関先生もいる。みんなこっちを見ている。ますます緊張して、何も言葉が思い浮かばない。頭の中が真っ白だ。そこにすわりなさいと言われて、ぼくはまた「失礼します」とくり返してすわった。

最初にどの先生が、どんなことを言ってくるのだろう。それぞれの先生の目を見ながら黙っていたけど、思ったとおり、井関先生が質問してきた。

「論文を読ませてもらったけども、坪倉は専攻科へ進んで何をしたいんだ」

「あ、あの、自分が染めた、生地《きじ》で着物を作ってみたいと思っていまして……」

井関先生も、ほかの二人の先生も、黙ってじっとぼくの話を聞いてくれている。ぼくはしどろもどろになりながらも、話しつづける。

「交通事故にあって病院に行くことにほとんどの時間をとられたために、着物が作れなかったので……」とそこまで話していたら、先生が怒鳴った。

「事故、事故って、事故のことばかりを言い訳するな！」となりにすわっている男の先生たちもビクッとしている。ぼくも驚いた。しばらくの沈黙。

するど先生に、「わかった、もういい」と言われてしまった。ありがとうございましたと言うぼくの声は、元気がない。立ち上がってふりむくと、井関先生は次の学生の資料を見ていて、ぼくのほうを見ようともしなかった。

戸を閉めたあと、静かな廊下をひとりで歩いていると、悲しくなってきた。これから、どうしていけばいいのだろう。

そう言えば、ぼくは、今までいろいろな場所で、いろいろな人に事故の話をしてきたのだ。どうして字が書けないのかと聞かれたら事故のことを話して、どうして上手に食べられないのかと聞かれたら記憶がないことを話して、授業を休むときでも、手が動かせないから病院に行きますと言って休んでいたな。

変な目で見られるのが嫌だ嫌だと言いながら、実は自分でそう見られるようにしむけていたのではないか。ぼくに同情していたのは、ぼく自身ではないのか。なんだか、自分がみじめだ。

合格発表

同じように専攻科を受験した、陶芸学科の学生に会うと、「試験どうやった」と聞いてくる。今さら、どんなことを話したのか言いたくない。そんなこと聞いてほしくもなかった。「怒られたわ」と苦笑いするのが精一杯だった。

すると友だちは、すごく驚いて信じられないように、「面接で先生怒らせるのは、まずいんとちゃうか」と言ってくる。あたりまえだろ。だから元気がないんだよ。

しかし、あらためてそう言われると、ますます落ち込む。その学生は、それだけでなく、すでにもう何人かは合格の知らせをもらっていると言った。それを聞いて、不安が絶望に変わるような気がした。春からどうしよう。

それから数時間、くよくよ悩んでいた。きちんと先生のところへ行って結果を聞かなくてはだめだと、友だちが言う。でも怖かった。井関先生のところへ行かずに、結果を知る方法はないだろうか。そんな方法は、あるわけなかった。やはり直接聞くしかない。

その先生がいる研究室の前を、行こうかな、やめようかなと行ったり来たりする。どういうタイミングで入っていけばいいのか、わからない。行ってまた怒られたら、たまらない。

そうやってウロチョロしていると、先生が、ガラス窓ごしにぼくがいるのを見つけて、「何してる」と言ってきた。ドキッ。その声が聞こえた瞬間に息が止まった。ついに聞くときが来たのだ。ここで逃げたらだめだと思って、ドアを開《あ》けて、先生の前まで進んだ。

「す、す、すみません……。ひとつ聞きたいことがあるのですが」と言うと、先生は読んでいた資料をたばねながら、「何だ」と聞いてくる。「あ、あの、そ、その……専攻科の試験の結果を教えてください」と頼んだ。そこまで言うのが精一杯で、先生の顔も見ることができない。

「専攻科でがんばれよ」と先生は言ってくれた。たぶんダメだろうと思っていたので、いきなりストレートな答えが返ってきて、「えっ」と拍子抜けした。先生の顔がちょっとゆるんで笑っている。「来年もがんばれよ」と言って笑っている。

ぼくはうれしくて、「ありがとうございます」とお礼を言って、走って研究室から出ていった。

母の記憶　5

専攻科へ進ませたのは、優介からそういう希望があったのはもちろんですが、私としても、記憶を失《な》くした者を社会が受け入れてくれるかどうか不安があったからです。

先のことは考えていませんでした。とにかく優介が行ける場所があるならば、それで構わない。ずるいようですが、それぱかりを考えていました。とにかく時間の猶予《ゆうよ》がほしかったのです。

社会に出すのが怖かった。受け入れてもらえるのかどうか、社会に適応することができるのかという不安がありました。何よりもその事実に向き合うのが怖かったのです。

専攻科に進んだ優介の専門は染色でしたが、陶芸をやったり、ステンドグラスの制作のところへ行ったりと、どこへでも顔を出して好きなことをやってました。

未経験のことをやってみたいというのもあるのでしょうが、そもそもあの子は昔からやりたがりでした。

そんな感じで大学生活を二年延長して、ついに就職を考えるところまできました。社会が受け入れてくれるか、などと母親が考えているあいだに、ずいぶん成長したのだと思います。試験にしても自分で何社か選んで受けるくらいまで、方向性がはっきりしてきました。

二次試験まで進んだ企業もあったのですが、ちょうど面接の前の日に、歯ぐきからウイルスが入ってすごい高熱が出てしまったのです。そのときは、なんて運のない子なのと、つくづく思いました。声が出なくても面接には絶対行きなさいよと言ったのですが、お医者さんに診《み》てもらったら、絶対に安静ですと叱られてしまいました。

でも優介はわかっていたのかもしれません。「まだ染工房夢祐斎があるから」と言ってました。「そこへ行くから、ほかにはどこにも行かないから」と、落ち込んでいた私に言い切りました。

祐斎先生が優介をとってくださったときは、本当にわかってとってくださったのだろうか、やはりこちらから説明に行ったほうがいいのではと心配しましたが、もし行き詰まることがあったら、そのときはそれから考えようと思いました。

祐斎先生がそれでも長い目でみてやろうと言ってくださるか、それともこれで打ち切りと言われるか、それまで待とうと決めたのです。もしも、こんな奴だったのかと言われたら、それもひとつの社会の評価ですから。

主人に「優介は、親が至れり尽くせりする年齢ではないだろう」と言われました。子供は親を見て育つというのが主人の考えです。自分たちがしっかりしなくては子供は育たないと言いました。だから優介を庇《かば》えば庇うほど叱られました。

優介が書いた文章を読んで、祐斎先生がすべてを知ったうえで採用してくださったことを知りました。何と言えばよいのか、感謝の気持ちでいっぱいです。適切な言葉が思い浮かびません。

NHKのテレビに優介が出たのを見て、おばあちゃんが「やっと手が離れたんだね」と言いました。でもそう言ったあとで、「これで離れたって言えるのかな、また帰ってくるんじゃないかな」と二人で顔を見合わせて泣き笑いしました。

そうは言うものの、少し距離をおいて見ることができたせいか、「そうだ、優介はあのキャラクターで、ああいう感じで生きていくんだ、みんなに助けられて生きていくんだ」と実感しました。

事故から、もう十二年が経《た》ちます。それなりに孤独を味わったこともあったでしょうが、振り返ってみれば、いつも必ず支えてくれる人がそばにいる人生だと思います。同級生のお母さん方からも、たくさんの励ましの言葉をいただきました。

もしかしたらもう一度、体験したこともないような試練がくるかもしれません。

どんなことがあってもそこから歩き出すしかないと思います。

事故で優介は、できなくて当たり前のところから再スタートを切りました。だから、ひとつひとつ「できた」ことが、すごく大きな喜びでした。それは今も、これからも、続いていくのではないでしょうか。

第六章　ぼくらはみんな生きている

’94.4〜’01.5

つっぱり

久しぶりに実家に帰った。夕方、近所の駅のまわりをぶらぶらと歩いていると、スーツを着てしっかりネクタイもしている人に、肩をたたかれた。「ひょっとしたら坪倉か、めちゃくちゃ久しぶりやんけ」とその人は言っている。いつものことだけど、すぐに誰だかわからない。ただ、顔はどこか見覚えがあった。

「偶然だけど、今からそこの居酒屋で、高校時代の仲間と飲むんやけど、坪倉も一緒に行こうよ」とその人は誘ってくれる。戸惑っているぼくの手を引っ張って、店へ連れていく。

店に行くと、まだ夕方で時間が早いせいか、客はぼくたちだけだった。ふたりで話をしていると、そのうち、ひとりふたりと友だちがやってきて、四人で飲むことになった。こいつら知っているけどな、というぐらいで、はっきり思い出せない。だからぼくは、話の内容にあいづちをうつだけだった。それよりも、ぼく以外の人が、みんなスーツ姿ということのほうが気になった。

お酒が入ると盛り上がってくる。みんなは会社がどうとか、仕事がどうとか話す。忙しいとか言っているけれど、なぜか楽しそうに見える。

すると、そこにいる一人が、ぼくに「優介は何してるんや」と聞いてくる。だからぼくは「学生」と答えた。友だちは「あれえ、学生。まだやってるんか」と言う。他のみんなもうなずいて、「何か、長くないか」と聞く。そうか。この人たちは、ぼくにどんなことがあったのか知らないのだ。

ぼくは、一瞬さみしくなったけれど、事故のことをぜんぶ話して、同情を買うのはごめんだった。だから、まだ学生をやっている話に自然となると、「いやあ、おれも勉強不足だからなあ」と笑ってごまかした。すると話は変わって、みんな他の話題で楽しく飲んでいる。

これでいいのだと思う。

ときどき酔っぱらった友だちが「オラ優介、しっかり勉強しろよ」とえらそうに言ってくるので、そのときは「ほっとけアホ」とすこし怒った。

墨流しの着物

染めの技法のひとつに、墨流しというものがある。水面に墨汁を浮かべ、その上に生地《きじ》をおく。すると水面にできた流れるような模様が、きれいに写しとれるというやり方だ。黒だけでなく、赤や緑や青の色墨を使うと、より複雑で鮮やかに色がまざりあった模様になる。

その技法を使って着物を染めてみようと思った。これをするときに問題になるのは、水を入れて墨を流し込む容器のことだ。反物は、どんなに短いものでも最低十三メートルはある。それを一気につけることができるくらいの大きな容器は、さすがにぼくがいる大学にもなかった。

それで、ぼくが通っていた中学校のプールを使わせてもらおうと頼んでみたけれど、ダメだった。だからその足で、高校まで行って頼んでみたけれど、やっぱりダメだった。生徒が泳ぐプールに、墨汁はちょっとまずいと言う。確かに、そのとおり。

その夜、実家に戻って家族とご飯を食べながら、昼間のできごとを話していると、

作品題名
「コーラント “Courant”」
一九九四年

とうさんが突然「俺が作ってやるわ」と言ってくれた。とうさんは水道に使う管を業者さんに卸《おろ》す会社を経営している。そこにあるプラスティックの板を溶接して、長い反物を同時につけることができる容器を作ってくれるそうだ。

数日後、実家にいると、家の前にトラックが止まって、とうさんが降りてきた。するとトラックから、金魚すくいみたいな容器がいくつも降ろされた。それをガレージに移動して、組み合わせて巨大な容器にする。

さっそく水を入れて、青と黒の墨を流し込む。長い反物《たんもの》のはしっこをかあさんに持ってもらい、同時に静かに水面につける。生地に水がつかる。模様が浮かび上がってきたら、すぐにまた同時に引き上げる。白かった反物は、青と黒の複雑な模様に染まり、とてもいい具合になる。

そのほかにも色を変えて、全部で五反を染めた。かあさんと、おばあちゃんと、おばさんが、その反物を着物に仕上げてくれた。

授業の合評会で、できあがったその着物を見せると、先生もほめてくれた。それを見ていた女の子の学生が、卒業式に着たいから貸してほしいと言ってくれた。

ぼくのアルバムの中には、ぼくが染めた着物で卒業式に出席した女の子たちと一緒に撮影した写真が、今もある。

恩師、井関先生

井関先生にほめられた。今まで、作品について厳しいことばかり言われてきたけれど、そんな先生に、はじめて「これ面白いな」と言ってもらった。

それは、ロウ染めに使う型版を作ったときだった。かまぼこの板のような木材に、割れたガラスの破片を、バラバラにしてボンドで張り合わせた。その表面に溶かしたロウをつけて、生地《きじ》の上にハンコのように押しつけると、ろうが生地に付着《ふちゃく》する。そこに染料をつけると、ロウの部分だけは色がはじかれて、魚のウロコのような模様ができるのだ。

先生にほめられるなんて、はじめてだった。先生がズバッと言うひとことは、いつも納得できて、ぼくの胸に響いた。作品を見る目も厳しかったけれど、的確で、それでいてどこか愛情を感じた。だから、そんな先生にほめられたことが、ものすごくうれしかった。

その後も、下描きとかアイディアスケッチとかを持って、先生の研究室に行くときは、ドアをノックするだけで緊張していた。部屋に入っていくだけで、鋭い視線でにらまれているような気がして、びくびくした。だけど、あのときにほめられたひとことは、ずっと忘れられない。

ガッツポーズ

専攻科の仲間たちと、次の発表会の打ち合わせをしていると、となりにすわっていたテキスタイルを勉強している学生が、「そういえば坪倉さんて、ひとつ年上なんですね」と話しかけてきた。

別に隠すことでもないから、一年生のときに留年したことを話した。するとと彼は興味を持ったようでいろいろ聞いてくる。どうしようかと迷ったけれど、交通事故にあって意識不明の重体になったこと、病室のベッドで目覚めたときには、それまでの十八年間の記憶がなくなっていたことを話した。するとその学生は「冗談きついですよ」と、信じてくれない。それでもぼくの顔を見て、嘘を言っているのではないと思ったのか、「本当なんですか。そんなすごいことがあったなんて、話を聞くまでわからなかったですよ」と驚いた。

そんな顔をされると、ぼくのほうこそびっくりしてしまう。以前のように、記憶がなくなったときの話について、あれこれと質問されたけど、事故をしたばかりの頃に感じたような嫌な気分にはならなかった。自分が普通に思われていたことがうれしくて、笑いながら質問に答えつづけた。

時間が経《た》てば経つほど、うれしくなってきた。大学から帰る電車の中で、どうしてこんなに気分がいいのだろうと思ったら、昼間学生に言われたことが、心の中に残っているからだとわかった。すこしニヤニヤしてしまう。

今ここに生きていることに自信がもてた。

就職活動

いつの間にか満開だった桜も散ってしまった。そう思いながら大学の入り口につづく長いのぼり坂を歩いていると、うしろで後輩が呼んでいる。

二人並んで、坂道を歩いていると、後輩は「坪倉さん、就職活動の進み具合はどうですか」と聞いてきた。実際のところ、何をどうやればいいのかもわからなかった。それに、あまり一生懸命でもなかった。ただ、どんな形であっても、自分の手で何かを作りつづけていきたいと思っていた。

そんなことを話すと、後輩はすごく驚いて、とにかく早く大学の就職センターに行って調べたほうがいいと、教えてくれた。

それから何日かして、さすがにあせってきて、就職センターというところに行くことにした。

朝早くから、棚の一つ一つ、ファイルの一冊一冊を見ていく。一日では終わらないくらい量がある。だけど確かなひとつを決めるため、じっくりとファイルを選んで読んでいった。気がつけば、とっくに昼の時間がすぎている。さすがに目も少し疲れてきた。

それでもやめるわけにいかなかった。次の棚に進む。

そのときだった。たくさんあるファイルの中から「夢」という字が目いっぱいに飛び込んできたのだ。すぐそのファイルを手に取って読む。「夢祐斎。京都で着物を中心に制作している工房。企画と制作で男性募集」と書いてあった。これだ。

この年、この大阪芸大で、着物を作っていたのはぼくだけだ。これはぼくのためのファイルだ。それまで読んだどのファイルにもなかった手応《てごた》えを感じながら、近くの電話まで走った。

師匠との出会い

面接の当日、着なれないスーツで京都に行く。工房とはいっても、なんとなくビルの中にある会社をイメージしていた。だけど教えられた住所のあたりには、ビルなんてひとつもなく、平屋が建ちならんでいる。

本当にここでいいのだろうか。そう思っていたら、突然、戸が開《あ》いた。そののれんには、夢という字が大きく、墨で書かれてあった。ここだ。

戸を開き「本日、面接が予定されています、つぼ……」と最後まで言う前に、「中にどうぞ」と部屋に通された。生まれて初めての就職試験。いつものことだけど、すごく緊張している。

入った部屋には、黒い作務衣《さむえ》を着て、無精《ぶしょう》ヒゲをのばし、髪の毛もボサボサの人がすわっていた。この人が奥田祐斎だ。ぼくが入ってきたのに気づくと、目の前の座布団を指して、「よく来た。まあそこにでもすわれ」と優しく笑いながら言ってくれた。それでも、ぼくは、ますます緊張していく。

工房の方針を説明してもらい、そのあとで、ここで制作された着物を見せてもらった。桜の模様がグレーの濃淡に染められている素敵な着物だった。

しかしそれに光をあてると、急に着物の桜の色が赤に変化するのだ。何なんだ、これは。目をこすりたくなるほど不思議だった。もっと近くで見てみようと顔を近づけると、再びライトが変わり、着物からは赤が消えて、グレーが戻っている。これが奥田祐斎の「夢黄櫨《こうろ》染め」なのだそうだ。

天然の植物を使ったこの染めは、自然の光で色が変化する。そしてこの技法は、ずっと昔に日本人が作り出したものだと教えてくれた。このとき、染める色ひとつにもこだわりをもっている、この工房で仕事がしたいと思った。

それから、自分が描いた作品を見てもらった。それに工房の作業場も見学させてもらった。気がつけば面接は四時間をすぎている。面接の時間がこんなに長くなることは考えてもいなかったけれど、ぼくひとりのために、これだけの時間を使ってくれることがうれしかった。

ふたたび先生の前にすわり、もう一度、自分の作品を見てもらった。すると「なんでこんなにまじめに作っているのに、絵が下手なんだ」と聞かれた。そんなこと、ぼくに聞かれても困る。何と答えたらいいのか考えていると、先生が「だから七年も大学に行っていたのか」と聞いてきた。

話すのは、まだ抵抗があったけれど、なぜかこの人になら、話してもいいと思った。だから、事故にあって記憶を失《な》くしたことを伝えた。

先生はしばらく考え込んでいたけれど、履歴書を読む顔を上げて「明日からうちに来いや」と言ってくれた。こんなに突然決まっていいのか。そう思ったけれど、やっぱりうれしかった。日本に古くから伝わる染料のことだけでなく、すべてひっくるめて、この工房で働けることがうれしくてたまらなかった。

頭を下げて、お礼を言って立ち上がる。足はものすごくしびれていたけれど、歯を食いしばり工房を出る。しびれた足で飛び跳ねるほど、うれしかった。

修行の始まり

大感激の奥田祐斎先生との出会いから半年。大学もめでたく卒業して、ぼくに新しい春がやってきた。

今日は、新入りの初日。ぼくの仕事はトイレ掃除《そうじ》から始まった。兄弟子《あにでし》に道具をわたされる。これが工房での仕事かと悔《くや》しかった。だけどぼくは新米。初日はこんなものと割り切って、きれいに掃除をした。

兄弟子に終わりましたというと、お客さんが来るので玄関も掃除しておくようにと言われる。今度はほうきを持って、玄関の土間を掃除した。すると別の兄弟子が来て、静かに掃《は》かないと、砂ぼこりが立つじゃないか、といって怒られてしまった。

トイレ、玄関、それに一階の部屋すべてを掃除して二階の兄弟子のところに行く。すると今度は屋根裏部屋の荷物をかたづけておくように言われる。それが終わると、本棚の整理、庭の掃除、昼食の準備。やることは山のようにたくさんあった。

掃除の道具を持ちながら、制作をしている兄弟子たちの横を通った。みんな筆を持って彩色している。友禅染めだ。

先輩たちが制作している姿を見ていると、ぼくの右手もむずむずしてくる。ああ、ぼくもやりたい。早く制作したくてたまらない。

地道な努力

毎日、新米としてやるべき仕事は、たくさんあったけれど、すべて夜の七時までに終わらせるようにがんばった。そしてその後の時間は、ひとりで友禅染めの練習をした。

兄弟子《あにでし》たちはみんな「枠場《わくば》」という染色をするスペースを持っている。ぼくは予備の枠場を使って、兄弟子たちが仕事をしている脇に積まれたたくさんの箱をどけて、練習をした。

大学時代にも友禅染めの作品を作ったことがあるけれど、ぼくが色をつけると、どうしても色ムラができたり、にじんだりしてしまう。なんとしてでも、その欠点をなおさなければ、制作をやらせてもらえない。だから必死で練習をした。

ぼくは筆の使い方がうまくなかった。どれくらいの染料をつけるべきなのか、その加減がわからない。それに筆先の使い方も未熟だった。頭ではわかるけれど、体がついてこない。自分の体に覚え込ませようと、くり返しくり返し何度も何度も練習をした。

遅くまでのこっていると、兄弟子たちが親身《しんみ》になって、色の使い方や手の動かし方、道具の使い方まで教えてくれた。興味を持ったのは、色づくりのことだ。ひとつの色を作るにしても、少なくとも三種類の染料を組み合わせて自分の色を出す。この配合の割合が、職人の腕の見せどころなのだそうだ。

それに、色に深みを出すために、きかせというものがあることを教わった。料理でいえば、お汁粉をおいしくするために、かくし味としてほんのわずか塩を入れるように、色づくりでも反対の色を数滴おとすだけで、色に深みが増すという。

兄弟子に教わりながら、試しにやってみた。できあがった紫の染液に、ほんのわずか、反対色の黄色をたらす。すると本当だ、とても深くて魅力的な紫色に変わる。

こういうことを知ると、早く着物を染めてみたいという気持ちが、どんどん強くなっていく。

練習を始めて一カ月たったころ、いつものようにひとりで友禅染めの練習をしていた。夜の十時をすぎて、兄弟子《あにでし》たちはみんな帰ってしまい、作業場以外の電気は全部消えている。

すると階段を登ってくる足音がした。誰かが来る。誰だろう。兄弟子か、先生か。それでも色を塗っている途中だったので、ここで手を放すわけにいかなかった。手を放したとたんに、にじんでしまうのだ。だから集中してつづけた。

泥棒だったらどうしようと一瞬思った。けれど、こんなに堂々と上がってくる泥棒もいないだろう。そう自分に言い聞かせて、安心させた。するとすこしかすれた低い声で「おお、ごくろうさん、こんな遅くまで何やってんだ」と言われた。先生が戻ってきたのだ。

だからぼくは、兄弟子のように一日でも早く着物の反物《たんもの》を染めることができるように、練習をしてますと答えた。

先生は近寄ってきて、ぼくが色を塗っている生地《きじ》を見る。そして無精髭《ぶしょうひげ》をなでながら、「練習のための練習はいらない」と大きな声で言った。「失敗することばかり気にせずに、どのようにしたら人に伝わる着物になるかを考えろ」とつづけた。予想していなかった言葉。ガーンときた。どうすればいいのだろう。筆を持ちながら途方に暮れていると、先生はどこかへ行ってしまった。するとまだ染められていない反物をもってきて、「これからは実戦に入れ」と言った。その生地にさわった瞬間に、すごく重く感じた。

それは生地の重さではない。責任の重さだ。これに色をつけたら、きちんとした値段がついてお客さまの手にわたるものになるのだ。ぼくが、練習という言葉の中に逃げていることを、先生は言いたかったに違いない。よし、絶対によい作品に仕上げよう。

それから三日後、いよいよ反物に色を染めるときが来た。

慎重に、息もつまるほどの緊張で、筆を入れる。まわりのものが何も見えない、何も聞こえない。そのまま筆先を生地にやさしくつけた。その瞬間に色がポワーッとひろがっていく。いよいよ始まりだ。あれこれ考えている暇はない。筆を早く動かして、どんどん染めていった。

金魚が死んでいく

先生が大きな声で呼んでいる。すぐに走っていくと、ぼくの目の前に赤い金魚が二匹入った袋を差し出した。きっと祇園祭の夜店でとってきたのだろう。うれしそうだ。

先生は、工房の庭にある池に水を溜め、そこでこの金魚を泳がせるように言って、祭りに戻っていった。祭りに行ける先生がうらやましかったけれど、袋を見ると、金魚が動きにくそうにしている。だから急いで池を掃除《そうじ》してやった。

きれいな水をいっぱい入れた池の中に入れてやると、元気よく泳ぎだす。喜んでいるようにも見える。ぼくも楽しくなって、工房のスタッフや兄弟子たちを呼びに行き、泳いでいる金魚を見せてやった。

いつのまにか先生が戻ってきていて、また金魚を持っていた。金魚は増えて、七匹になった。みんな楽しそうに泳いでいる。

金魚はとても小さくて、池の中をのぞき込んでも赤い点にしか見えない。その赤がとてもきれいだ。しかも動きが素早《すばや》い。人の気配を感じると、逃げようとして、パッと飛び散る。夜空にひろがる花火みたいだ。それが面白くて池の金魚を何回も見に行った。

でも次の日、工房に来てまっ先に池を見に行くと、一匹だけみんなと違っている。目は白くさえない色をしていて、お腹を浮かせている。泳いでいるふうには見えなかった。指でそっとつついてみると、その金魚は体を回転させながら押された方向にゆっくり進んでいく。

すぐにわかった。その金魚はもう生きていない。死んでいるのだ。だからその仲間が泳ぐ庭の池の脇にある木の下に埋めてやった。

仕事を終えて帰るときも池を見た。するとまた一匹、腹を水面に浮かせているではないか。すぐに手に取ってみたけれど、目は白く変わってしまっている。朝に死んだ金魚の横に埋めてやった。

毎日こんな気持ちになるのは嫌だ。明日になれば、また次の金魚が死んでいるに違いない。金魚たちも次は誰が死ぬ番だと知って泳いでいるのだろうか。

その次の日も、朝いちばんで池の金魚を見に行った。やっぱりダメだった。二匹並ぶようにして浮いている。ぼくは庭に降りて、死んでいる金魚を手に取った。その二匹の金魚を、小さなスコップで掘った穴に並べて埋めてやった。

金魚救出作戦

太陽が沈んで、夕日も見えなくなった。すると中庭は真っ暗になる。誰の姿も見えない。ぼくは小さなライトをもって中庭に降りていった。池の近くまで行き、まわりに誰もいないことを確かめて、ライトをつける。

池を照らして、残りの金魚が、元気に泳いでいるかと確かめると、びっくりしてパッと散る。よし、よし。

ビニール袋を出して、池の水を入れる。その中に、網で金魚をすくって入れた。三匹。ビニール袋を大きくふくらませて、ボールみたいにぱんぱんにして、凧糸《たこいと》でぐるぐるまきにする。それからリュックに入れた。

一度、玄関先に荷物を置いて、それからまた兄弟子《あにでし》が作業している二階の部屋に戻っていく。「おつかれさまでした」と言うと、兄弟子たちも「おつかれ」と言い返してくれる。そして工房を出た。

急いで自転車のペダルをこぐ。そして京都御所《ごしょ》の池へと急ぐ。だんだんうれしくなってきた。あの池は工房の池より何倍も大きいのがわかっている。それを考えるだけでうれしい。金魚はそこで泳いだほうがいいんだ。

京都御所に着いて、すぐにカバンの中から袋を取り出した。懐中《かいちゅう》電灯で中を照らすと、みんな元気に泳いでいる。

その袋を池につけて、池の水の温度になじませる。しばらくしてから袋の口を開いた。すると元気に金魚が飛び出していき、そのまま池の奥深くに姿を消した。

これで明日から、あの真っ赤な花火が見られないのかと思うと少しさびしかった。でも、これでいいんだ。

次の日、誰よりも早く工房に行った。予定通り誰も来ていなかった。ぼくはいつものように工房の掃除《そうじ》をしながら、先生が来るのを待った。工房のスタッフも一人また一人とやって来て、朝の掃除を始める。

ついに先生がやって来た。「おはようございます」とあいさつをする。すると先生は「金魚の様子はどうだ」と聞いてきた。先生もやっぱり心配なんだ。

でも、ゆうべ京都御所の池に逃がしましたとは言えない。だから迷わずに、「先生、すみません。朝来たときにはすべて死んでいました」と答えた。ぼくは大きな嘘をついている。ドキドキしながら言ったぼくの顔を見て、「だったら仕方がないな、ちゃんと埋めといてやれよ」と言って、工房の奥に入っていった。

先生はすこし笑っていたように見えた。ひょっとしたらバレているのだろうか。でも金魚の脱走は成功している。そのことを考えると、やはりうれしかった。それで思わず「ありがとうございました」と、大きく深く頭を下げた。

おいしそうな色

工房に入って初めての秋をむかえる。京都で働くために一人暮らしを始めたけれど、その生活にも少しずつなれてきた。

そんなある日、先生の実家がある紀州熊野から、さんまが大量に送られてきた。先生に伝えると、あぶらを完全に抜くために、もう一度干しておけという。

さっそく送られてきた箱を開《あ》けた。すると、朝の通勤ラッシュの満員電車みたいに、ふたが開いた途端、さんまが次から次へとあふれ出てきた。手に取ってみると、スーパーで見るやつとは違う。青黒くて、頭の先から尾っぽまで、身がぎゅっと引き締まっている。顔もとがっている。

日陰の風通しのよいところに、長いロープをはって、さんまを一匹一匹吊るしていく。十四、二十四と干すにつれてロープに重みが伝わって、上下にぶるんぶるんと揺れる。ときどき太陽に反射してギラリと光ったりする。まるで波のようだ。

その夜、工房にお客さんが訪ねてきたとき、今日届いたばかりのさんまをお出しすることになった。でも、どうやるのかわからない。兄弟子《あにでし》に聞くと、備長炭《びんちょうたん》を使って七輪《しちりん》で焼くのだそうだ。

いよいよだ。手に持った三匹のさんまを川の字に並べて網の上にのせる。すぐに熱に乗って、さんまの匂いがする。それは生臭く、食べてみたくなるような香りではない。

でも、焼けていくと、どんどんいい匂いに変わっていくじゃないか。長いはしで裏返すと色も変わり、茶色くなっている。

焼けるさんまをじっと見る。香りもどんどん、よくなっていく。火にあたり、体が引きしめられ、きしむ音がする。

ひっくり返そうと手を近づけると、熱くてさわれない。だから長いはしで裏返す。すると黒はより黒く、青や銀のところもますます茶色くなっている。この色の変化が魚が焼けることなのか。

残りの二匹のさんまも裏返した。茶色くなりだしたさんまを見ながら、全部焼けるのを待った。

さんまの体からパチパチと皮がやぶれる音がし、そこから出た汁は、下の灰に落ち、ジュッとひとつ音を鳴らす。

もう一度長いはしを持ち、再びさんまを裏返してみると、黒いところはまっ黒に、茶色くなっていたところは、焦げ茶色になった。ところどころ皮はやぶれ、そこから出た汁がまわりの光を反射して輝いている。さんまがまぶしい。

焼けたさんまを皿の上にうつした。そのさんまは、どこを取ってもおいしそうな色をしている。これをまるかじりしてみたい。

一匹の魚を火であぶるだけで、こんなおいしそうな色を出せるのか。ぼくもこんな色の着物を染めてみたいと思った。

松と竹と梅とで染めた着物

松竹梅という言葉をテーマにして着物を作ることになった。一枚の着物を、松と竹と梅で染める。

体の部分は、松を使う。力強くて濃い灰色に染めて、落ち着きを出そう。えりは笹で染める。緑にして、やわらかさを出す。そして、袖は梅で桃色に染め、振るだけで梅の香りが匂うようなものにしよう。そう考えるだけで、ワクワクしてきた。

さっそく染液づくりにとりかかる。松は枝の部分を鉈《なた》で細かくしてから、沸騰《ふっとう》したお湯で染液を煮出す。この染料は問題なくできあがった。ぼくが出したいきれいな色に染まった。

次は笹の葉。これはそのままだと水をはじくため、手で縦に裂《さ》く。それからハサミで細かくして粉のようにしてから湯に入れる。これもきれいなグリーンに染め上がった。

ところが困ったのは梅だった。何度染めても、思いどおりの色が出ない。どうしてなのだろう。実験のときは、きれいな梅の香りがする豊かなピンクに染まっていたのに、何度やっても渋い茶色になってしまう。変だ。染め方は同じなのに。どこかが間違っているのだ。使っている枝の量がいけないのか。水がいけないのか。まさか！

部屋の隅に残っている別の梅の枝を使って染めてみた。やっぱり……、こちらは薄いピンク色に染まる。

そうだったのか。二本の枝を手にとって比べてみると、一見、まったく同じように見える。でも、切り口をのぞいてみると、一方の枝の内側には薄くて赤い線が入っている。そしてもう一方のは茶色いままだ。

そうなのだ。花を咲かせる前の枝と、咲かせ終わった枝とでは、染め上がった色がぜんぜん違うのだ。これが生命《いのち》の色なんだ。

仕方ない、三月の梅の花を咲かす前の枝を手に入れるために、この着物を染めるのは、もう一年待とう。

山で見つけた色

どんぐりで染めるには、十月中旬の落ちたばかりのやつを使うのがいい。京都御《ご》所《しょ》の掃除《そうじ》を手伝ったときに、わけてもらったり、北の山に採《と》りに行く。この季節は風も冷たくなってくるけれど、手袋をするとひろいにくいので、寒さは我慢して素《す》手《で》で集めたりする。

山の奥のほうに入るとすごく寒い。だけどそこは静かで、ときどき、うさぎやたぬきが横切ったりする。そんな動物たちと目が合って、面白い顔が見られるのも、この仕事の楽しみだ。

その年の秋、どんぐりがすごく豊作だった。いつもは布の袋に半分集めるのがやっとなのに、そのときはあふれるほど採れた。だからいつもより多くのどんぐりを使って、いつもより色の濃い染料を作った。

液が入った鍋の底が見えないほど濃い。これなら、すごくよく染まるのではないか。すぐ布を取って、ムラにならないようにきれいに広げ、そのまま染液に入れてみた。手が暖まるくらいの温度の染液の中で、ゆっくり布を動かすと、薄い茶色の布になっている。予感が確信に変わる。

うれしくなって、ぼくの手はテンポよく生地《きじ》を動かしていく。生地は茶色から渋茶に変わっていく。染まった布の渋さに落ち着きを感じ、染液から取り出した。冷たい水で洗いながら、染まった色を確かめた。これはいける。

作業をくり返してどんぐりで染め上げた布の色は、落ち着いた濃い灰色で、これまでに染めたどの色よりも濃く染まっていた。天然のどんぐりだけで、こんなに濃く染まるのもめずらしい。

この着物にはどうしても、どんぐりの絵を入れたかった。デザインをして、着物のすそに、かわいらしくどんぐりを描いてもらった。着物をきる人の足もとで、いつもどんぐりがコロコロ転がっていてほしいと思ったからだ。

それから数週間後、できあがってきた着物には、かわいいどんぐりが、いっぱい転がっていた。とても素敵《すてき》な着物ができあがった。

さようなら

工房に弟子入りしてすぐの頃、高校の友だちから電話がかかってきた。どうやら高校の頃、仲がよかった女の子が、京都で働いているらしい。それもぼくが働いている工房のすぐ近くだという。

わけもなく会ってみたいと思った。退院したばかりの頃、子ぶたちゃんと言ってから、確か一回しか会っていない。もう一度会いたい。だから思いきって電話してみた。

電話口で彼女は、だったら今晩会おうと言ってくれた。

その夜、仕事を終えて待ち合わせのレストランへ行くと、すぐに彼女も車でやってきた。お待たせ。彼女は車から降りるとそう言った。そばに近づく。声を聞いただけで緊張して、手や足に力が入らなくなった。

ふわふわする足を進めてレストランの中に入る。席に着くまで、彼女の声がすごく遠くのほうから聞こえた。向かい合わせにすわると、彼女と目が合う。いったい何から話せばいいのだろう。

店の人がメニューを持ってきてくれる。注文する。食事しながら話す。久しぶりに会った友だちどうしがするような話ばかりだったけれど、楽しかった。

何を話すか、そんなことよりも、彼女の話し声やときどき合う目、しぐさから高校生のときに、感じていた気持ちを探した。

彼女を見ていると、すごく大人だった。長いきれいな髪も、髪をかき上げるしぐさも、たばこを持つ手も、みんな大人の女性のものだった。彼女は変わった。そして、このぼくも、彼女から見れば変わったのかもしれない。

その日は、ケータイの番号を教えてもらって別れた。

そのあと、かけたくても、なぜかふんぎりがつかなくて、ずっと電話できなかった。三カ月以上たってから、また彼女に会いたくて、勇気を出してケータイに電話した。だけどその番号は、もう使われていなかった。

彼女の親友に電話をかけて、連絡先を教えてもらおうとした。だけど、教えてくれなかった。電話をきる前に、友だちは「あの子の気持ちもわかったりーや」と言った。その言葉の意味はいまだにわかっていない。

華麗なる大失敗

ある日、工房に、大きなまつたけが二十本ぐらい送られてきた。箱から取り出してみると、しっかりと重さを感じるくらい大きい。鼻を近づけなくても、作業部屋いっぱいによい香りが広がっていく。

他のスタッフも、すぐに香りに気がついて、何だ何だと寄ってくる。まつたけが、どうしてこんなにたくさんあるのか、聞いてくる。

まつたけの染めをすることになった話をすると、もったいないから一本くらいみんなで食べようと言う人もいた。それは無理だ。

さっそく準備にとりかかる。まずかびたりしないように、薄く切って干す。数日もすると、まつたけは黒いひものようになってしまった。二十万円はくだらないと言われたこのまつたけの姿を見ると、みんなぼくを「ジッ」とにらんだ。もう食べたいと誰も口に出さない。

だけどみんなは知らない。姿はひどくなっても、香りは生きているのだ。材料の一つ一つを大切に使って染液を作る。薄茶色になったその液は、作業部屋いっぱいに、まつたけの香りをふりまいていく。その香りを逃がさないように、部屋は閉めきり、染液のふたも閉めた。

いざ、染める。

こうして作られたまつたけ染めの着物は、薄い緑に染まった。色も悪くないが、なんといっても匂いである。その着物は、最初にまつたけが入った箱を開《あ》けたときと、まったく同じ香りがするのだ。そして、誰もがみんな、その着物のできばえに驚いた。

次の日も、その着物を手にした人は「まつたけで染めたんですか」と言って驚いている。その次の日も……。ただ、だんだん香りが薄くなってきていると感じるのは気のせいか。

嫌な予感が的中した。次の日、まつたけの香りは完全に消えてしまった。

蓮の声

夜明けまえ、蓮《はす》の畑に行くと、つぼみが開きはじめる「プップッ」という音が聞こえてくる。まっ暗でなにひとつ見えない世界の中で耳をすませていると、いろいろなところから、その音が聞こえてくる。それを聞いていると、とても優しい気持ちになれる。

ぼくは毎年この音を聞いている。工房でこの蓮の染めをしているからだ。天然記念物で大賀《おおが》蓮《はす》という名前を持つこの植物は、師匠《ししょう》の奥田祐斎だけが使うことを許されている。

草木染めを始めて、いちばん最初に出会ったのが、この蓮の葉だった。今までこれで、ハンカチやスカーフを何枚染めたことだろう。今度は着物を染めてみよう。蓮が持っている色を存分にいかして、その作品を着てくれた人が、ぼくが感じたのと同じような優しい気持ちになってほしい。

だから染液を煮出すときは、蓮の葉を手でもむように細かくした。すると茶色の

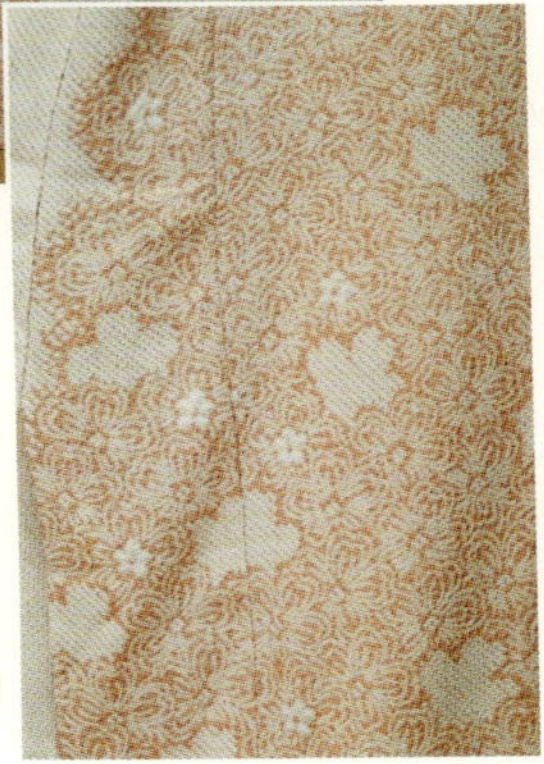

梅染め

春が近づくと梅はきれいな花を咲かせます。その美しさや香りを感じられるように染めました。和歌山県の南部川村で集めた南高梅の木です。

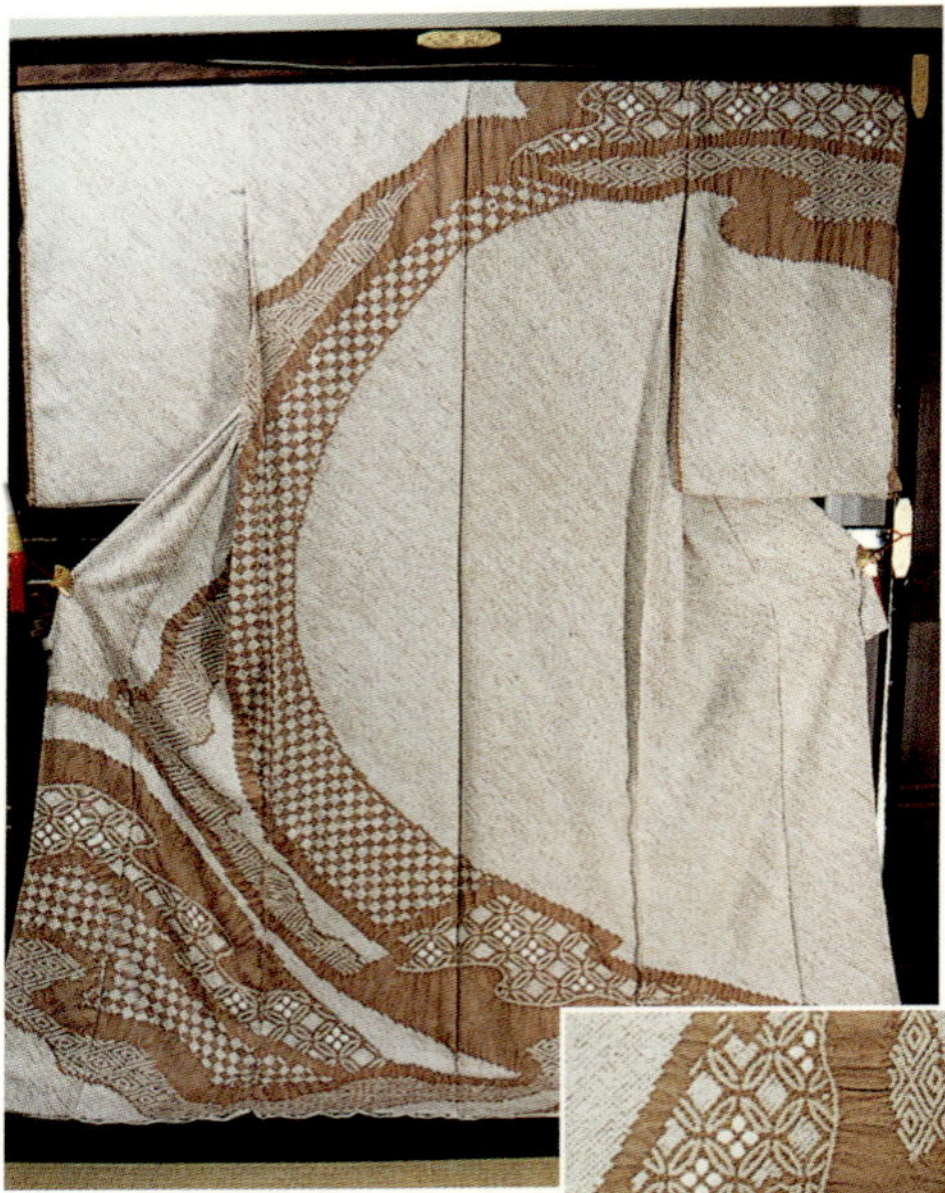

赤松染め

心が落ち着く色にするために選んだ材料は、岩手県花巻市で見つけた松です。天に向かって大きく伸びる木の、皮の部分だけを使って染めました。

大賀蓮染め

天然記念物に指定されている大賀蓮の葉を使って染めた後に、実際に目の前で見た、開いていく蓮の花を思い出しながら絵を描きました。

古木染め

佐賀県にある500万年前の地層から発見された古木を使って染めました。はるか昔の時代の材料を使い「古代の色」を再現しました。

染料液ができた。それで染めていく。

染液の中で生地《きじ》をムラにならないように、まんべんなく動かす。それを三十分。上げて染まり具合を見る。媒染液《ばいせんえき》に入れる。かるく水分をきる。それからまた染液の中へ。それを四回くり返す。

染め上がりは、優しさが伝わる山吹色《やまぶきいろ》になった。黄色でありながらすごく落ち着いていて、鮮やかだけど派手じゃない。うれしかった。それを裏地として使おう。

表面に使う生地は、蓮の葉を連想させるような、ほのかに緑がかった灰色に染まった。すごく落ち着きがあるけど地味じゃない。どんな色の帯にも似合うような色になった。

すばらしい。蓮の葉っぱにつつまれてるような着物だ。着る人にも、同じ気持ちで着てほしい。

恋をした

毎日たくさんの人が、ぼくの横を通り過ぎていく。でも誰も覚えていない。だけど彼女がぼくの手にふれそうなくらい近くを歩いているときや、テーブルに向かい合わせですわったとき、その人のほかは何も見えない。

手と手が少しふれただけで、体全体が熱くなる。ぼくをそんな気持ちにしてくれるその人と、目が合うだけで息が苦しくなるときがある。どんなにきれいな人が横で信号を待っていても、どんなにかわいい人がぼくの前に立っていても、次の日には忘れている。でもあの人だけは、いつまでもぼくの中から消えずにいる。

鴨川の岸辺をいっしょに歩く。ぼくが十歩進むと彼女は何歩進むのだろう。それでもしっかりついてくる。それを見ていると手をつないで一緒に歩きたいと思うのに、なかなか言えない。一人でいるときはそんなの簡単に言えるのに、何故《なぜ》だろう、彼女を前にすると言葉が何も出なくなる。

彼女がぼくを見て、どうしたのかと聞いてくる。別にと答えたぼくの目の前に、彼女の小さな顔がある。そのときに見た京都の空の色や川の音、町の灯《あか》りがいくらきれいでも、ぼくの目には彼女しか見えない。ずっとこのままでいたいと思った。どうしてこんな気持ちになるんだろう。

あたらしい過去

何年か前までは、昔の自分に戻りたくて仕方がなかった。どうしたら記憶が戻るのだろうと考え、高校時代と同じ髪型にしたり、事故の前に読んだ本やマンガを読み返したりした。

今のぼくには失《な》くしたくないものがいっぱい増えて、過去の十八年の記憶よりも、はるかに大切なものになった。楽しかったことや、辛《つら》かったこと、笑ったことや、泣いたこと。それらすべてを含めて、あたらしい過去が愛《いと》おしい。

今いちばん怖いのは、事故の前の記憶が戻ること。そうなった瞬間に、今いる自分が失くなってしまうのが、ぼくにはいちばん怖い。ぼくは今、この十二年間に手に入れた、あたらしい過去に励まされながら生きている。

ジャンプ！

とうさんはバイクの上に立ち上がり、右足で下に向けて蹴《け》り下ろす。するとバイクから耳が痛くなるほどの大きな音が出てきて、河原全体に鳴り響いた。「後ろに乗れ」と言う。ぼくもかつては、ジュニアのA級ライセンスを持っていて、レースにも何回も出場していたそうだ。表彰台にも何回か立ったことがあるという。

とうさんの後ろに飛び乗る。体につかまると、バイクはすぐに動き出した。走ればば走るほどスピードが速くなっていく。顔や腕には強い風があたる。とうさんは、コースの前でぼくを降ろして中に入っていった。コースには山がいくつも並んでいて、とてもバイクで走る道には思えない。だから外でみんなが走るのを見ていた。

バイクに乗った人たちが、すごい速さで走ってきて通り過ぎていく。それを見ただけで体がぞくぞくする。まっすぐ延びた道では風を切るように走り、弓のように曲がったコーナーでは、地面に体があたりそうなほどバイクを倒して走る。何と言っても、音がすごい。

一台のバイクが、ものすごく大きな音を鳴らしてやってきた。山に向かって突進する。勢いよく山を駆け上がったバイクは、まっすぐ青い空に向かって飛び上がっていった。ゆっくり、ゆっくり空を舞う。一瞬のできごとのはずなのに、長く長く感じる。見とれていた。

そのバイクは二つ目の山の向こう側に着地すると、またものすごい爆音を鳴らしてスピードを上げる。砂煙《すなけむり》をかきあげて走り、その先にある三つ目の山も飛び越えて飛んでいった。それを見ているだけで、足がバタバタするほど興奮《こうふん》する。しばらくすると、さっきのすごいジャンプを見せてくれたバイクがぼくの横に止まった。乗っていた人がぼくに向かって「乗ってみるか」と言う。そう、さっき見ていたのはとうさんだったのだ。空と重なるバイクに見とれていたけど、乗っていた人がとうさんだとわかると、もっとうれしくなった。

よし、チャレンジしてみよう。まずはヘルメットをかぶる。グローブもつける。ハンドルを握り、右足を大きくシートの上に振り上げて、バイクの上にどっしりまたがる。エンジンのかけ方やクラッチのつなぎ方を教えてもらう。

キックすると、いきなりバイクが荒々しい音を鳴らし始める。アクセルを回し、クラッチをゆっくりつなぐと、バイクが走り出す。怖くはなかった。とくべつ難しくもなかった。手足の動かし方で、いろんな動きをするバイクが面白い。

しばらく走っていると、とうさんが「コースも走っていいぞ」と言った。そばにいるみんなも「行け、行け」と応援している。ようし、行ってやろうじゃないか。

コースに出ると、大きさに圧倒《あっとう》された。まっすぐ延びた道が、どこまでも続く長い道に見えた。こけないようにゆっくり走り、コーナーではふらつきながらもなんとか曲がることができた。だけど次に、ぼくの目の前に、あの大きな山が出てきた。

それはコースの外から見ていたのとは違っている。まるで大きな壁だ。まったく先が見えない。怖い。だからゆっくり、山をなでるようにして走った。

二周目。一周目よりもスピードを出す。まっすぐ延びた道も、曲がり角もクリアーできたけど、やっぱり山のところでは怖くてなでるようにしか走れない。

三周目になると気持ちよく走れる。そして難関の山だ。飛べる！　だけど直前で、右手はアクセルを戻してしまった。バイクのスピードが落ちる。バイクは、なでるように山を越えていく。

バイクを止めて、後ろにある山を見た。次なら飛べる。そう自分に言い聞かせ、四周目を走り出す。バイクの音がコース全体に鳴り響く。心臓の音も高くなってくる。直線の道を、今までいちばん速く走っている。風がぶつかってくる。曲がり道では、大きく砂煙を舞い上げて走った。間違いない、今まででいちばん速い。そう思いながら大きなコーナーを曲がった先に、あの大きな山が見えた。寝かしたバイクを立ち上げて、山に向かうスピードを上げる。目の前にあるのは大きな壁だ。さっきまでならスピードを落としていた、この場所。今度は違うぞ。アクセルを思いきりひねって、大きくエンジンを噴かせた。加速して暴《あば》れるバイクを両手両足で力を入れて押さえつける。

バイクが大きな壁にぶちあたる。これから何がどうなるのかは、予想もつかなかった。その瞬間、バイクが軽くなった。コース全体が見える。みんながぼくを見上げてる。着地して、バイクと体全体で振動を受け止める。

もうひとつの山。もうスピードをゆるめたりしない。バイクは斜面を駆け登る。ジャンプ。バイクが空を飛ぶ。空の色が変わっている。とうさんが飛んでいたときのような青ではなくて、燃えるような赤になっている。着地。そして最後の山。

油断するな、でも思いきっていけ。斜面を駆け登るときも、アクセルを思いきり回せ。そしてバイクがまた軽くなる。バイクが空を飛ぶ。河原のずっと向こうにまっかになった海が見えた。

ジャンプ！　ジャンプ！　ジャンプ！　やった、ついに飛べたんだ。

86

あとがきにかえて

二〇〇四年に長くお世話になった染工房「夢祐斎」を退職し、旅に出ました。竹富島や西表島、ルクセンブルクやベルギーなど、今まで行ったことがない土地を訪ね歩き、自分が知らない染色の技術や、染料の勉強をしました。また、念願だったロシアンラリーに父と二人で参加し、完走しました。八日間のハードな日々でしたが、言葉は通じなくても世界中のバイク好きな人々と過ごせたことを、今でも懐かしく思い出します。

そして二〇〇五年、「優介工房」を設立しました。桜、梅、笹、どんぐりなど、今までの経験を活かしながら、新しい草木染に挑戦しています。

ぼくは、着物を作るとき、生きている木を切って使うことをしません。桜の木でも、梅の木でも、伐採されてそのままでは捨てられてしまう木を見つけ、理由を話していただいてくるのです。工房に持って帰り、それらの木々を刻み、煮立て、染料にし、反物に染めていきます。

それらは化学染料で染めたものと見た目は変わりません。でもぼくは、着物を買ってくださる方に、「生命の再生を感じてください」とご説明することにしています。ときどきぼくの話を聞きながら、涙を流してくださる方がいます。この仕事をしていて良かったと思う瞬間です。

最近は着物だけでなくTシャツにも草木染をするようになりました。草木染をもっと、気軽に身近に感じてもらえればと思っています。また、記憶喪失を乗り越えた体験を話してほしいとお願いされて、小学校などで講演させていただくことがあります。着物を作ることが本業ですが、自分の経験が少しでも役に立つのならと思うようになりました。

これからも、ぼくの話を聞いてくださった方や、着物やTシャツを着てくださった方が、生命の大切さ、生命の力強さを感じてくださるのなら嬉しいです。それは自分にしかできない、新しい挑戦です。

二〇一〇年一二月

解説

俵 万智

本書の冒頭に、走る車から見える電線の描写がある。

「上を見ると、細い線が三本ついてくる。すごい速さで進んでいるのに、ずっと同じようについてくる。線がなにかに当たって、はじけとぶように消えた。(中略)ふえたり、へったりして、がんばってついてくる線の動きがおもしろい。」

この生き生きとした感覚は、たぶん子どもが、生まれて初めて世界を眺めるまなざしに近いものだ。なんの先入観もなく、ただまっすぐに世界を映す瞳。

子どもは、その感覚を持っているときには、それを言葉にする術《すべ》を知らない。やがて言葉を覚えたころには、そういう瑞々《みずみず》しい感覚は失われてしまっている。私自身、飽きもせず電線を眺めていた頃のことを、坪倉さんのこの文章によって、呼び覚《さ》まされた。

　電線という言葉を一度も使わずに、これほどリアルに様子を伝えられることに、驚きを覚える。実は著者は、電線という言葉を使わないのではなく、電線という言葉を知らないし、それが電線であることも、知らないのではあるが。

　その「記憶」には、記憶がなくなるという特異な体験が、本書には綴《つづ》られている。単に過去のできごとだけではなく、「おなかがいっぱいになったら、食べるのをやめなければならない」とか「お金のつかいかた」とか「チョコレートは剝いてから食べる」とか、そういったことまでが含まれている。これは、想像を絶する困難だ。その困難に、ひとつひとつ立ち向かってゆかねばならない日々。

　この本は、そういった困難を乗り越えるドキュメンタリーとしても、充分に感動的だし、さまざまなことを考えさせてくれるテキストになる。が、それに加えて、私が強く惹《ひ》かれるのは、先ほど記したような、坪倉さんが世界を見る目のまっすぐさ、無垢《むく》さだ。

　エスカレーターを見て「一つまた一つと階段が地面の中にうまっていく」と感じる坪倉さん。こんな妙なものに乗っているのに人々はいっこうに平気な様子だ。「その無関心な顔が面白かった」とも、彼は書いている。

「星の王子さま」のような感覚である。もともと絵画的な才能があったところに、この濁りのない感性が宿ったことは、芸術家としての彼にとっては、ある意味プラスだったのではないだろうか、と思う。現在、彼は、草木染めの作家として活躍している。

坪倉優介さんにお目にかかったのは、二〇〇四年十月のことだった。相模原市制五十周年を記念したイベントで、坪倉さんと私と、それぞれが相模原市と縁がある、ということから対談させていただいた。

相模原市には、私が四年間、高校の教師として勤めていた橋本高校がある。そこの卒業生が、地元に残る「てるて姫伝説」を町おこしに活用しようというアイデアを出し、てるて姫にちなんだ短歌のコンテストや、地酒を作る活動をしてきた。私は、そのコンテストの審査員を、現在も務めている。

いっぽう坪倉さんは、相模原の「花もも」と熊野本宮湯峰の温泉水をつかって、美しい花もも染めを生み出した（温泉のほうは、てるて姫との悲恋の相手である小《お》栗判官《ぐりはんがん》が蘇生《そせい》する場所として知られている）。

なんとも優しい、光を含んだような色合いの「花もも染め」のスカーフを、私も当日見せていただいた。これがあまりに好評だったため、対談の後に予定されていた一人芝居の舞台衣装まで、依頼されたそうだ。

今はもう、こうして染織家として活躍中の人に、わざわざ「記憶をなくした体験」のことを聞くのは、私としては若干迷いがあったのだが、坪倉さんはごくごく自然に話してくれて、時には茶目っ気たっぷりに「友だちが、昔貸したお金を返してくれなんて、ウソ言ってきたりするんですよ！」と会場を笑わせてくれたのだった。

話が、お母さまの苦労へと及ぶと、私は思わず涙をこぼしてしまった。当時、まだ一歳にならない赤ん坊を抱えていたところだったので、新米ママとしては、母親の視点から彼の人生を思うと、胸をしめつけられるような感じがした。

今、あらためてこの本を読み返してみると、もう一つ気づくことがある。それは坪倉家の「バランスのよさ」である。我が家は母子家庭なので、父親の不在をどう補うかについてはいろいろ研究（？）もしているのだが、要は、「母性的なものと父性的なものとのバランス」が大事であるということのようだ。

母性的なものというのは、どこまでも子どもを受け入れ、否定しない態度。父性的なものというのは、ときに厳しく、毅然《きぜん》とした態度。この両方がバランスよくあることが、子どもの成長にとって、もっともいい状態なのだそうだ。

坪倉さんのお母さんの回想に、こんな文章がある。「高校生になると、髪の毛を十センチ以上立てて、襟足のところに細い三つ編みをしたりしました。たまには、そこにリボンをつけたりします。三つ編みは自分ではできないから、朝学校に行く前に、私がしていました。」

ここまで子どもを受け入れ、否定しないお母さんは、珍しいのではないだろうか。もちろん、坪倉さんが交通事故にあう前のことである。このお母さんが、事故にあった彼のお母さんで、ほんとうによかったと思う。ご主人からは「優介を庇えば庇うほど叱られました。」とも書いておられる。叱られてしまうほど庇ってしまう、それが母性的なものの真骨頂《しんこっちょう》だし、それをそばで見ていて叱るというのが父性的なもの、と言えるだろう。

スクーターで事故にあった息子を、モトクロスのコースに連れていき、バイクに乗せるのは父親だ。私だったら、絶対できないなあと思った（まだまだ父性的なものの修行が足りない……）。が、確かにここで坪倉さんが、何かをつかみ、何かを乗り越えたことが、本書からはひしひしと伝わってくる。

厳しいだけではない。このお父さんは、プールをつかって染め物をしたいけど許可がおりなかったという息子の話を聞いて、なんと巨大な容器をこしらえてくれた。

こういう優しさあってこその厳しさなのだ。

坪倉さんはその後、師匠から独立して、ご自分の工房を立ち上げた。本書に綴られた日々を乗り越えていったことが、その作品に不思議な透明感と穏やかさを与えていると、私には感じられる。

（たわら　まち／歌人）

写真撮影：若木信吾

P.2–3, P.6–7, P.262–263, P264–265

記憶喪失《きおくそうしつ》になったぼくが見《み》た世界《せかい》　朝日文庫

2019年８月30日　第１刷発行
2020年７月20日　第４刷発行

著　　者　坪《つぼ》倉《くら》優《ゆう》介《すけ》

発 行 者　三 宮 博 信
発 行 所　朝日新聞出版
〒104-8011　東京都中央区築地5-3-2
電話　03-5541-8832（編集）
03-5540-7793（販売）
印刷製本　大日本印刷株式会社

Published in Japan by Asahi Shimbun Publications Inc.
定価はカバーに表示してあります

ISBN978-4-02-261989-1